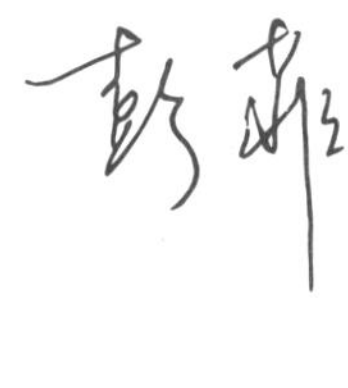

心中有光

不畏路长

“大国工匠人物传”丛书

彭菲

让人工智能有温度

李朝全◎著

中国工人出版社

图书在版编目（CIP）数据

彭菲：让人工智能有温度 / 李朝全著.
北京：中国工人出版社，2025. 7. -- ISBN 978-7-5008-8759-1

Ⅰ. I25

中国国家版本馆CIP数据核字第20256HC922号

彭菲：让人工智能有温度

出 版 人	董　宽
责任编辑	刘广涛
责任校对	张　彦
责任印制	黄　丽
出版发行	中国工人出版社
地　　址	北京市东城区鼓楼外大街45号　邮编：100120
网　　址	http://www.wp-china.com
电　　话	（010）62005043（总编室） （010）62005039（印制管理中心） （010）62379038（社科文艺分社）
发行热线	（010）82029051　62383056
经　　销	各地书店
印　　刷	宝蕾元仁浩（天津）印刷有限公司
开　　本	880毫米×1230毫米　1/32
印　　张	5.25
字　　数	88千字
版　　次	2025年9月第1版　2025年9月第1次印刷
定　　价	49.00元

国之大者，工匠先行

——“大国工匠人物传”丛书总序

在中华全国总工会成立100周年之际，全国总工会宣传教育部、中国报告文学学会、中国工人出版社联合开展了“文艺工作者走基层”活动，推出“大国工匠人物传”丛书，向全国总工会献礼，向广大劳动者致敬！

“知者创物，巧者述之守之，世谓之工。百工之事，皆圣人之作也。”这是中国所见年代最早的关于手工业技术文献《考工记》中对工匠的记载。“工”之责在于造物，“匠”者为能工鼎识者也。

幼时，老家云南昆明大板桥的老街上，从南头到北头，都是大大小小的手艺人，木匠、石匠、焗匠、骟匠、竹篾匠、鞋匠、箍桶匠……空气中飘荡着木匠的刨花香和石匠敲打出来的粉尘，充满着焗匠手中皮带的“吱扭扭”声、骟匠刀下小猪猡的闷哼、箍桶匠皮锤不轻不重的敲击声。老街上的竹篾匠是我的一个表姨夫，他来自四川，有着一手出神入化的编造竹篾手艺。粗壮的毛竹是表姨夫手中的“百万雄兵”，在一把锋利无比的刀的指挥下，被劈成厚薄、粗细不一的篾。表姨夫的本领仅次于撒豆成兵的天神，他能化篾成物，一般家里能见到、用到的器物，他都能用竹篾编出来。母亲曾命我在老街上买一个暖水瓶的内胆，然后去表姨夫的摊位上，坐等他为暖水瓶胆编制一件竹制的外壳。那个暖水瓶至今还在我家老屋的一个角落里。竹篾壳早已被岁月包了浆，虽然久不使用，却依然油润、红亮。这便是我幼时对匠人的记忆。

五千多年的中华历史长河中，涌现出了无数能工巧匠，他们或如明月光照，或如星河璀璨。一代代薪火相传的工匠精神，不仅成就了那些流芳百世的绝世建筑与器物，更是烛照我们通向文明现代化进程的精神之光，是我们文化的自信心、民族的根与魂。

从“嫦娥”探月到“祝融”探火，从“北斗”组网到“蛟龙”深潜，从港珠澳大桥横跨三地到大兴国际机场凤凰腾飞……这些挺起中华民族脊梁的大国重器、世纪工程背后，无不凝聚着万千工匠的心血和汗水，映照着工匠们孜孜以求、拼搏奋进的身影。

本套丛书收录的是全国总工会历年评选出的大国工匠

的人物传记。他们当中有焊接高铁的“工人院士”李万君、打破国外高端设备维修垄断的王树军、让中国锻件立于世界之巅的刘伯鸣、“人刀合一”的顶级钳工李凯军、在高空“穿针引线”的竺士杰、油田里的创新能手刘丽、了不起的“钢铁裁缝”艾爱国、数控机床上的“雕刻师”孟维、让三星堆文物“活”起来的郭汉中……他们有的是传统加工业的锻造者，为了突破技术瓶颈精益求精；有的是新兴制造业的探路者，为了实现精密制造巧思妙想；有的是军工行业的铸剑者，为了打造国之重器默默坚守；有的是民间手工艺的守护者，为了传承非遗文化精雕细琢……他们奋战在国防军工、装备制造、传统工艺等行业的第一线，以久久为功的钻研和创新，造就了一个个传奇。

这些杰出的工匠，尽管行业不同、岗位不一，成长经历各异，但他们都有着爱党爱国、敬业奉献、创新争先的优秀品质。他们耐得住清贫与寂寞，用灵巧的双手和精湛的技艺，数十年如一日地在平凡的岗位上雕琢自己心中的梦想，以实际行动诠释着“执着专注、精益求精、一丝不苟、追求卓越”的工匠精神。“天下大事，必作于细。”工匠精神既是中华民族技艺世代传承的价值理念，又是中国开启新征程，从制造业大国迈向制造业强国的时代需要。

“大国工匠是我们中华民族大厦的基石、栋梁。”2024年3月5日，习近平总书记参加十四届全国人大二次会议江苏代表团审议时强调“树立工匠精神”，指出“没有金刚钻，揽不了瓷器活”，要“把第一线的大国工匠一批一批培养出来”。党的十八大以来，习近平总书记对建设高素质劳动大军高度重视，强调“当代工人不仅要有力量，还要有智慧、有技术，能发明、会创新，以实际行动奏响时代主旋律”，深刻阐述工匠精神“执着专注、精益求精、一丝不苟、追求卓越”的内涵要义，号召全社会弘扬工匠精神，“为全面建设社会主义现代化国家、实现中华民族伟大复兴的中国梦提供有力人才和技能支撑”。

“匠心聚，百业兴。”无论是传统产业，还是新兴产业、未来产业，大国工匠在发展新质生产力的历史进程中不可或缺。随着经济发展方式转型和产业结构升级，中国要实现由制造大国向制造强国的转变，实现由中国制造向中国创造的跨越，离不开广大劳动者的创新和创造，更离不开对工匠精神的继承和发扬，于是呼唤更多大国工匠成为时代强音。

文艺是时代进步的号角，最能代表一个时代的风貌，最能引领一个时代的风气。中国报告文学学会、中国工人出版社联袂推出“大国工匠人物传”丛书，以图书的形式为大国工匠树碑立传，让他们的故事和精神具有更广泛的交流传播价值和长久的史料价值。本套丛书的写作者奔赴大国工匠生活的城市，深入大国工匠工作的厂区、车间、工作室，获取了全面细致的第一手材料，最终将大国工匠的成长、成才故事呈现在读者面前。

“大国工匠人物传”丛书讲述的是个人奋斗史，也描绘出大国工匠的群体形象。可以说，这套丛书是目前国内系统研究众多大国工匠人生轨迹的权威读本，既有对每位大国工匠的整体介绍和事迹梳理，又有具体的事件、案例，全面、生动地展示了大国工匠各个人生时期的工作和生活状态。

新时代是奋斗者的时代，中国式现代化建设新征程这一宏伟事业为广大工匠技能人才成就梦想提供了广阔舞台。每位劳动者都是主角，都可以成为工匠精神的践行者。大国工匠是新时代的最美奋斗者，更是和平年代当之无愧的英雄。

国之大者，工匠先行，向着中华民族伟大复兴的目标砥砺奋进，行稳致远。

是以为序。

目　录

序章 一位青涩的女孩

中国报告文学学会和中国工人出版社合作，要组织创作一批关于“大国工匠年度人物”的传记作品。徐剑会长专门征求我个人的创作意向。当我看到大国工匠的名单时，有一个名字让我眼前一亮。那就是1985年出生、汉王科技股份有限公司的高级工程师彭菲。

在根深蒂固的观念里，我一直以为，工匠通常都是指木匠、石匠、泥水匠、铁匠、染匠、漆匠、画匠、剃头匠，或者电工、焊工、钳工、船工、修理工、厨师、裁缝等有工艺专长的匠人，或者就是人们常说的大师傅、技术员，都是产业工人或手工艺人，是从事最基础最劳累的体力活动的，人们日常生活中不可或缺的一批可敬的劳动者。而能够称得上大国工匠、堪称大师级别的工匠，往往都是人至盛年，或已退休，具有丰富工作经验和娴熟工作技巧的一批老工人、老工匠。而彭菲，这位 1985 年出生的女孩，在荣获 2023 年“大国工匠年度人物”称号时只有 38 岁。而且，她所从事的是顶尖的科研工作，也就是人脸识别、人工智能、算法、大数据、云计算、大模型之类的高科技行业的研发与应用。这，完全颠覆了我对于工匠的“成见”。因此，我对彭菲的经历充满了好奇，也带有无限的疑问。于是，我毫不犹豫地答应徐会长写一部关于彭菲的传记，因为我也想了解这样一位年轻人是如何成长起来的，她年纪轻轻怎么就能取得重大的成就、获得如此重要的荣誉。保持对笔下人物及其故事的好奇和浓厚的兴趣，是文学写作的起点和出发点，也是作家创作的一个基本动因。而一旦找到了兴趣点，我认为写作便不会再成为难题。

要描述一个人的故事，最好的办法是和主人公进行深入细致的交流。同时，对于这个人物的家庭社会关系进行画像，这有点类似于侦探的工作，也有点像记者的调查研究。按照这样的思路，我和彭菲进行了沟通，也提出希望能够采访她的家属、同事以及熟悉的亲友，希望能够通过各个方面了解还原她的生活经历、工作阅历和人生故事，从而完整地描绘出她这个大国工匠的成长历程。

与此同时，我也在网络上收集关于彭菲的各种新闻报道、视频影像资料，有关她的介绍事迹故事等相关资料，也收集她学习过的学校、工作单位、成长的乡村等地相关的资讯，以深入地了解她成长的环境和条件。哲学家认为人们无法第二次踏入同一条河流，而报告文学作家则希望能够第二次踏入历史之河，重返历史演进变化的过程，以一种再现复原的方式，真实记录和描绘人物的成长经过，还原其人生历程和生活风貌、精神风采。这是一项艰苦细致的调研侦探工作，其间充满了诸多的疑问和新奇，既让人增长知识，同时也希望能借助还原历史创造出新的知识、新的经验、新的故事和情感体验。

在这个过程中，我重新思考了何为工匠、何谓大国工匠。我的结论是专注于某一领域，针对这一领域的产品研发或加工过程全身心投入，精益求精、一丝不苟地完成整个工序的每一个环节，即可称为工匠。而倘若能在某一行业或领域有重大创新创造或突破、将某项技术做到极致或世界领先，同时又能聚焦聚力“国之大者”、服务效力于国计民生的工匠，便可称为大国工匠。这里的“大国”固然有指谓中国乃世界大国之意，更有对工匠上乘精湛技艺的褒扬，或可谓“国家大工匠”“国家级工匠大师”也。

我去采访彭菲那天正好有点儿小感冒，身体颇有些不适，但是因为早已约好周六采访，这样与工作没有冲突，比较方便，再改时间亦未必方便。于是，一早我便从家里出发，乘坐地铁前往。

汉王科技大厦位于北京海淀区上地中关村软件园。以前我对上地可谓一头雾水，只是觉得这个地名与“上帝”同音，很特别，也好记，知道上地是一个“码农”聚居的地区，那里有很多擅长编码并从事软件开发的工程技术人员，他们早出晚归，披星戴月辛勤劳作，收入高，工作艰苦。而到上地到中关村软件园，我还是第一次。按图索骥，我乘地铁到西直门换乘 13 号线，往北坐了 5 站到西二旗站下车。出了南口的地铁站，经过一座小立交桥向右转，接着向西步行，一路上看到了神州数码大厦、百度大厦等，可见这里聚集了一批高新科技企业，是名不虚传的软件园。大约走了 900 米，我便看到了一座飞碟形状的建筑，一个硕大的圆盘中央有一根尖锐的指针，直指蓝天，又有点儿像一张巨大的唱片，还像一只光盘。它又和中国古代的日晷颇为相似。在光盘建筑的两侧有两栋高楼，形似庞大的鼠标。这些建筑的形状似乎都寓意着这里是一片科技含量很高的园区，是一个年轻人能够创造梦想、实现梦想的地方。

从“光盘大厦”向南大约 150 米，便是汉王科技大厦。这是一栋 4 层的板楼。因为是周末，又正值寒冬腊月，所以汉王科技大厦大门紧锁，门前只有一个快递员在送货。挂着厚厚棉布门帘的小门开着，我钻了进去，带进了一阵寒风。询问了一下门口的保安，他并不知道彭菲这个人，可见彭菲显然还不是明星式的著名人物，起码值班的保安都不知道她这个人。这是一件非常有意思的事情，尽管在网络上、在工匠领域里，彭菲已经成为一个名人，但在社会生活中，即便是在她工作和生活的有限的空间里，也还是有很多人并不认识她。我站在 1 楼冷冷清清的大堂里，给彭菲发了微信，告诉她我已到了楼下。

没过一会儿，就见一位女孩子穿着厚厚的羽绒服下楼来。正在她四处张望找寻时，我主动迎上前去打招呼："你是彭菲老师吧？"

"是。是李老师？"

我点点头，稍微打量了一下面前的这个女孩，身高1米65左右，瓜子脸，留着齐耳短发，虽然几乎不事修饰打扮，朴素简洁，但是给人年轻且富有活力的感觉。

我跟随她上了二楼办公室。她主管的算法核心部门，几十个人都在一个大开间里办公。这个办公室有一二百平方米，用隔板隔成了一个个的小隔间，每个人都有一个独立的工位。彭菲的工位位于办公室东南侧的一个角落，她说："我占两个工位。"这大概是她作为部门主管的一点"特殊待遇"？她的工位和同事们的工位连在一起，这也和她的工作性质一样，需要团队的协作。这种开放的环境显然便于彼此的交流。

由于是周末，办公室显得有些冷清，暖气开得也不足。一走进办公室的门，我就看到有一位男士坐在工位上，身上披着一件棉毛毯在电脑前忙碌。

彭菲告诉我，他们团队的伙伴都非常敬业，只要有项目有任务，平时完不成的，都主动地在周末或者下班以后加班加点地完成，大家的责任心都很强。今天是周末，办公室气温有点儿低，他要披一件毛毯保暖才行。

我抬头看了一下这个偌大的办公室，屋顶没有天花板，没有吊顶，而是密布着各种各样的管道，似乎就是一座管道层或是原先的毛坯房，未经任何装修，完整保留了工业时代的风格。彭菲说，这是董事长刘迎建的思路，办公区原本的格局是分成很多房间，董事长特意让打通增加采光，拆除吊顶，寓意打破天花板。这些管道尽管密集，但因为距离地面有 3 米多高，并不会令人感觉压抑，屋顶反倒显得更高了，这反倒是它的一个优点。

彭菲的办公桌上放着笔记本电脑、电话、水杯和一些资料。椅背上搭着她的衣服，感觉就像上学的学生一样。她对简单的办公条件和工作环境安之若素。她说："一切都是最好的安排。"说的也是。其实，一个人做什么工作，在哪里完成自己的工作，都并不重要，环境只是一种外在的因素，最重要的在于一个人的心态，在于其自身的内驱力、不断地自我激励、踔厉奋发的动力与勇气。尤其是在高新科技前沿领域的探索，在科技"无人区"的开拓，更需要披荆斩棘、开路架桥，这往往都是一种独行者的事业，对外在的环境，对外围的条件并不能也不必抱有太高的期望。

可能彭菲也是刚到的办公室。随后她便告诉我是她丈夫开车送她过来的。

我刚在大办公室入门处的会议室里坐下，她便忙着拿水壶烧开水，准备喝水的纸杯。我告诉她不用忙，我自己有带的热水。

彭菲似乎是一个比较内向的人，并不善于海阔天空侃侃而谈。采访的过程基本上是一问一答、有问有答。结合已经了解的情况，我把自己希望进一步了解的信息逐一提出来，像一位勤学好问的学生，又像是一位想要刨根究底了解对方的侦探一样。

和彭菲交流，我能感觉到她很真诚、很真实，丝毫也不掩饰更不会去隐瞒什么，都是有一说一，真是尽可能地体谅了一个写作者的需要和难处。偶尔，她也很好奇，很认真地问我："我的经历很简单，你怎么能写成一本书？"

接着，彭菲坦率地告诉我，她在微信上问过其他获得"大国工匠年度人物"的朋友，有的作家去他们那里采访了五六天，"刨根问底"，不知道都谈些什么。

我回答："是啊！作家要写一个人物，当然希望了解这个人物的全部。特别是你多讲一些有趣的、难忘的故事。当然，人物传记写完后，稿子需要传主自己审定，如果你觉得哪些内容不合适发表，也可以删去。”

我注意到彭菲在回答一些问题时会拿手拨弄自己衣服上的拉绳，看得出来她似乎有一些局促，让人感觉她好像还是一个刚迈出大学校门不久的学生，还有一些青涩，并不老到世故。或许，一个人特别专注于自己的研究和工作，把精力都放在事业上时，与人打交道且敞开心扉谈论自己过往的一切，便并非她之所长了。

作为一个写作者，我当然希望能够从采访对象那里挖出更多的素材、更多的故事。然而，用彭菲自己的话说，她的经历很平凡，没有什么波折，也没有什么特别的曲折，一直都是一顺百顺，事事都很顺心，一路一帆风顺地走到了今天。在小学时，她就是一个好学生，到中学、大学也一直如此。她一直受到命运的垂青，在工作以后也总是充满了好运，有许多好事伴随着她一路走过来。似乎用一句话或者一段话就能概括她的成长历程，而这，对于一篇作品而言无疑是难以成立的。因此，我希望能够激发她回忆起更多有关童年和过往的故事细节，生活、工作中经历的一些特别的事情，或者她自己感觉有意义有影响的一些事情。

在一种天南海北聊天式的对话中采访了三四个小时，

不觉之间已经到了中午吃饭的时间。彭菲介绍说，园区里有渔港人家，有火锅店，也有一个美食街。我对饮食向来不讲究，彭菲在饮食方面似乎也很简单，于是，我们俩商量好在美食街吃碗米线。正好看到一家做湖南米粉的小店，也算是彭菲老家的风味。彭菲要了一份炒粉，特意加点了一碟牛肉、一盘凉菜。我要了一份牛肉汤粉，吃得满头大汗，感冒似乎也好了一些。

吃完饭，彭菲陪着我在软件园园区里散步。沿着园区道路向西走七八百米，原有一片小湖泊，湖上游弋着一些北京白鸭和野鸭，彼此和睦相处。有一些家长带着小孩站在湖边。湖面上有的地方已经结了薄冰。湖边西岸种植有一片竹林，修有栈道。想来，这里一定是彭菲他们日常工作之余经常休闲散步的地方。周末又加上天寒地冻的，因此人很少。在岸边的一些树上披挂了一些红艳艳的塑料花，给湖泊和园区增添了一些生气。可以想见，到了春天这里鲜花怒放，绿草茵茵，必定是一个休闲的好去处，是大伙儿闲余散步的佳地。

然后我便告辞回家。“大周末的，你也回家陪陪孩子吧！”我说。我知道她的儿子刚 10 岁，正在上小学四年级。

彭菲却回答，她还要回办公室去改一个项目的方案，第二天单位有一个汇报会，今天她必须把这个方案修改出来。

或许，这种加班对于她而言早已是一种再自然不过的事情，她也并不觉得是一种额外的工作或负担。这，大概也是一个对工作抱有热情和专注力的人的基本工作态度，也是其能够成就一番事业的一种基本状态。当日事当日毕，自己的事自己扛，敢担责任、独当一面，这，或许是她成就自我的一个重要因素。

之后，我按照预定的计划，接连采访了彭菲的主管领导、同事、闺蜜和她的丈夫。就像给人物画像似的，一点一点描摹自己笔下人物的形象，还原她的生活和工作场景、成长的经历。这个过程，我想也有点类似于彭菲所研究的人脸识别技术，首先是要找到人脸，找到人脸基本特征的几个重要点位，然后标注描画出这些能够反映人脸特征的点。其次是把这些点勾连成线，形成一个完整的脸谱，独一无二，而且可被准确识别。这，也很像工笔画家的工作。

采访彭菲的丈夫丁勇也是在一个星期六的上午。

我9点到达汉王科技大厦时，彭菲两口子也刚刚到单位不久，正在吃早餐。我对丁勇说："我不着急，你吃完了我们再谈。"

几分钟后，丁勇便坐在了我的对面。

这是一个眉清目秀的小伙子，戴着眼镜，身高1米78左右。中等身材，不胖不瘦，带有一分温柔和文气。看得出来这是一个好脾气、好打交道的好男人。上次彭菲告诉过我，她老公性格好、情绪价值高，能包容，包括她的不良情绪；他能够主动担责，而且很会鼓励人，总是夸奖彭菲"我老婆长得最漂亮""我老婆最好"。

这一点，我在彭菲和丁勇的朋友圈里也看到了。每当彭菲又获得了一些荣誉，或者出席一些重要活动，发朋友圈后，丁勇总是第一时间点赞并且给予积极鼓励。他写道："愿意成为一个杰出女性背后的男人。"而彭菲也半似认真地反问："你真的愿意做这样的幕后英雄？"从这些"打情骂俏"的话语里看得出来两口子感情很好，彼此真诚执着，完全能够包容对方的一切。这，大概也是美满婚姻的一种经验，也就是要彼此完全接纳和包容、相互欣赏与赞美。其实，人生短暂，多一些肯定的、正向的、赞赏的话语，在家庭中应该如此，在工作和同事之

彭菲夫妇与作家合影（左起：丁勇、彭菲、李朝全）

间，甚至在陌生人之间也应如此。正面的、乐观的、积极的情绪可以四处流传，可以传遍天下；而消极的、被动的、颓废的、消沉的情绪，则可能淹没许多，甚至摧毁一切。

在采访丁勇的过程中，我注意到身体并不强壮的彭菲拎来了一大提矿泉水，足足有20瓶。其实，在这么冰冷的冬天喝矿泉水并非一个好主意，但是彭菲的这种热情和认真还是令人感动。

和丁勇聊了一上午，我刨根问底地让他打开了和彭菲交往过程的点点滴滴，以及共同生活十几年的方方面面，汇成了一幅完整的岁月，一个完整的婚姻和家庭，让我对彭菲的生活有了更深入的了解。的确，在每一个成功人物的背后，都有一个和睦的家庭、一份美满的生活，是亲人、家人的奉献和付出在成就着一个人，在成就着一份成功。

采访到12点，我便主动告辞。

彭菲两口子坚持留我一块吃午饭。我说："好不容易有个周末，你们二位也回去陪陪孩子吧！借机好好休息一下。"我们都有相似的生活、相似的家庭，彼此都能感受到对方真实的生活境况。在采访彭菲的经历和故事的过程中，我也时时想到自己，想到自己的生活，也引发我对自己的人生作了一番回顾与检视。这，大概是我采写彭菲的一个额外的宝贵收获吧。

第一章

四岁就渴望上学

彭菲，1985年底出生于湖南临澧县的一个小山村。

村子地处湘北丘陵地带，四周群山环绕，自然环境优美。当地属亚热带季风气候，四季分明，雨量充沛，适合农作物生长。地形以丘陵为主，农田、林地交错，水资源丰富，杨梅溪贯穿村庄，最终汇入澧水一级支流道水河。森林覆盖率高，常见松树、杉树、竹林等，生态环境良好。这里的地名大多带有“峪”“咀”“冲”“湾”等字眼，由此也能看得出来，这里到处是山川丘陵和山间峡谷等。

彭菲的父母都是农民，高中毕业，这在当时的村子里算是最有文化的人了。

这是一个普通的湘北农家，家里种着十几亩的土地，主要是水稻、棉花、油菜和辣椒之类。夫妻俩勤劳朴素，一生节俭，除了基本的生活和抚养孩子，几乎没有其他的开支。

20 世纪 80 年代，国家实行计划生育。彭家夫妇都是遵规守矩的农民，对于自己独生的孩子充满了憧憬和期待，并没有重男轻女的思想。

彭菲刚出生时，只会“哇哇”地哭，眼睛却一直闭着。家里的长辈见了，都不无担忧地对初为人父人母的夫妻俩说：“这孩子，恐怕是个瞎子吧？一般正常的孩子一出生或者顶多出生后几小时眼睛就睁开了，可这孩子怎么一直闭着眼呢！”

看着自己的女儿头几天都闭着眼睛，夫妻俩忧心忡忡。刚开开心心迎来新生命的母亲更是忍不住哭了，说：“咱们的女儿不会真是瞎子吧？要是天生就是个瞎子，那可怎么办呢？”

“不会的。我们俩眼睛都好好的。再说，我们都是老实本分的人，生下来的孩子怎么可能天生眼瞎！”父亲口气坚定地安慰母亲。

然而，母亲还是忐忑不安，暗地里哭了好几次。

看着孩子一直闭着眼，其实父亲的心里也隐隐地有些不安。

好在几天之后，孩子终于睁开眼了！

“快看，孩子睁眼了，我们的女儿不是个瞎子！”

“我就说嘛！瞧，我们女儿的眼睛多明亮，多好看啊！”父亲凑上前来，一起仔仔细细地端详孩子。

小两口感到无比庆幸，亏得女儿不是个瞎子，原先的担忧不过是一个美丽的误会。夫妻俩对这个降生到自己家里的小小孩更加珍爱了，视若掌上明珠，含在嘴里都怕化了。

为了给孩子取名，父亲特意去镇上新华书店买来了一本字典。两口子翻了半天字典，挑来挑去，最终选中了单名“菲”字。

“你看，我觉得这个字不错啊。‘菲’，形容花草美、香味浓，与‘芳’是近义词。但是，人们常用‘芳’而很少用‘菲’这个字做女孩的名字。这个名字也不容易跟别人重名。”父亲兴冲冲地说。

“菲，彭菲，谐音就是‘鹏飞’，像大鹏鸟一样展翅高飞，预示着孩子会有很好的前途。这个寓意也很好啊！”母亲附和道。

“对，彭菲，小名叫‘菲菲’。那就叫这个名字吧！”

就这样，夫妻俩一致同意给刚出生的女儿起名“彭菲”。

家中添了女儿，这本是一件举家欢庆的好事。没承想，家族中却发生了一点儿小“变故”。

那个年代，电视机还很少见，在农村更是稀罕之物。彭菲二伯家咬咬牙，花了300元的“巨款”买回了一台“飞跃牌”14寸黑白电视机。那时，一名国家干部的每月工资也就在90元左右。家里买了电视，全村的人都喜欢拥挤到二伯家看电视。小小电视机给全村人带来了无尽的欢乐，也让二伯家几乎天天门庭若市。

孰料乐极生悲。这一天，二伯一早就来找弟弟，不无沮丧地说：“弟弟，我家的电视机不见了！”

“啊？怎么会这样？那赶紧去派出所报案啊！”父亲大惊失色，急忙提议道。

报了案，公安人员也上门来调查了，结果却破不了案。

村里人得知二伯家的电视机丢了，也都很难过。这使他们失去了多少的欢乐啊！

然而，湘北朴实的村民永远是乐观的、幽默的。当再次见到彭菲的二伯或者父亲时，有人便善意地调侃道："你看看，彭家刚添了一个'菲'，他们家的'飞跃牌'电视机便不翼而飞！这是一'菲'换一'飞'啊！"

直至今日，彭菲有时过年时回老家，乡亲们见到她，还经常跟她开玩笑说："来了一个'菲'，飞走一个'飞'！彭菲，现在你是真的远走高飞了！大鹏展翅，飞得越高越好啊！"

彭菲不由得脸红了，只能无奈地笑了笑。

彭菲家住在村子西头的山脚下，独门独户，和村里其他人家的房子有一定的距离，奶奶家住得也比较远。好在村子里亲戚多，彼此都能相互照应。

彭菲能坐能爬了，母亲下地干活时就把她带上，放在比较干燥的田埂上，下面铺些衣物、稻草什么的。母亲一边干活，一边照看着女儿。彭菲就一个人坐在那里玩泥巴，玩石子儿，或是低头专注地寻找蚂蚁，观察蚂蚁怎么搬家，都爬到哪里去了；有时就扯草叶、摘野花玩，或者用叶子来逗蚂蚁，挡住蚂蚁爬行的路。一个人倒也能找到自己的乐趣。只是太阳有时太晒了，常常把人晒出一身汗，燠热不适。到这时，小彭菲就盼着母亲能早点儿干完农活，带她回家做饭吃。

稍大一些，彭菲也像别的孩子一样，对世间万事万物都充满了好奇，总是不停地问母亲为什么。

母亲虽然是一名普通农民，似乎只会埋头种地，但是平时她也比较爱学习。她和丈夫还专门订阅了《湖南科技报》，认真学习科学种植等方面的知识。母亲还专门准备了一个小本子，把自己在报纸上看到的一些实用的种植知识都摘抄下来，尤其是如何种植辣椒之类的。

正是通过读报，母亲了解到杂交辣椒个头大、颜色鲜艳，而且产量高、品质优，具有更高的市场价值，是农民创收致富的好品种。于是，她便千方百计地托人买来了杂交辣椒的种子。

后来，母亲种出来的辣椒比别人家的个头更大、更饱满，颜色也更绿或更红。每天一大早，她都要摘下新鲜的辣椒到镇上摆摊卖，以换取生活费用。而每次，她的辣椒都很受欢迎，卖得很快。

开始时，面对女儿连珠炮似的“为什么”的提问，母亲多数问题还能答得出来。但是，渐渐地，孩子的一些问题也把她给难住了。然而，她并没有简单地回答自己不知道，而是这样告诉女儿："菲菲，这个问题我也不知道答案。你将来好好学习，学会了告诉我。"

彭菲长到两三岁时，已经懂得基本的生活知识了。父母因为地里的活而忙碌，经常把她一个人留在家里，交代她不要玩火、玩刀，不要到溪流或水塘里去游泳，注意安全。

彭菲答应了，便一个人留在家里。

家里并没有什么玩具，只有简单的生活用品。但彭菲是一个乖巧听话的孩子，总是安安静静地待在家里，等着父母干完活回家。有时候，她也敢跑出门，去村子里找自己的堂兄堂妹和表姐妹们玩。因为父母家族的姐妹都很多，与她年龄相近的堂表兄弟姐妹自然也不少。

4 岁多了，彭菲还是一个人被留在家里。她每天在家里自个儿跟自个儿玩。有时也趴在窗户上张望着外面，看看从窗前走过的人，窗外踱来踱去的鸡鸭、小猪、小狗，听听在树上跳跃鸣叫的鸟儿或知了。

彭菲留意到，同村的小朋友早上高高兴兴地背着小书包从窗前走过，晚上，顶着夕阳的余晖，他们又背着小书包兴高采烈地走回来了。

彭菲问："你们是去哪里啊？"

小朋友回答："我们去幼儿园上学了！幼儿园可好玩了！"

"幼儿园？幼儿园都有什么呀？"

"幼儿园里有木马，有滑梯，还有秋千。老师带我们做游戏，还教我们画画、认字、数数、写数字呢！"

听小朋友这么一描述，彭菲眼前仿佛展现出了一幅美丽的画面：

阳光明媚的整洁校园里，孩子们三三两两地在操场上踢毽子、跳绳子、丢手绢、玩捉迷藏，或是拍球、滑滑梯、荡秋千……每个人的脸上都绽开了笑容。

她在心里羡慕起了小朋友，也对幼儿园充满了向往。

"我也要上学！"她对自己说。

这个小小孩子立即像脱缰的小马儿，一路飞跑着去了同村的奶奶家。

"奶奶！奶奶！我也要去上学！"

听到孙女的喊声，正在家里忙活家务的奶奶迎了出来。

"菲菲，你也想上学？你还太小啊！"奶奶说。

"不！奶奶，村里几个哥哥姐姐都去上学了，我也要上学！"彭菲仰脸看着奶奶，急切地说。

"好，好！奶奶这就带你去幼儿园报名。"看着天真稚气的孩子，奶奶的心柔得像一朵棉花。

于是，一老一小便走在了去村办幼儿园的路上。彭菲自己找到了老师，大胆地提出：“老师，我想报名上学！”

老师问彭菲：“你叫什么名字，几岁了？”

彭菲扑闪着一双机灵的眼睛回答：“我叫彭菲，4岁多了，虚岁6岁呢！”

看着这个自告奋勇来报名的小女孩，老师也很喜欢，告诉她：“那你现在就留下来上学吧！”

奶奶又跟老师交谈了几句。彭菲就算正式上学了。

晚上放学，彭菲蹦蹦跳跳地回到家。等到父母从地里忙完活回家，她兴高采烈地告诉他们：“爸爸妈妈，今天我去幼儿园上学了！老师让你们明天去补交学费呢！”

“啊？你上学了？”父母都深感意外。

“你喜欢上学？”母亲问。

“是啊！”彭菲使劲地点点头。

夫妻俩对视了一下。“也是啊，我们菲菲6岁了，可以上学啦！”父亲说。

第二天一早，彭菲起得很早，快快地吃完早饭，就拉着父亲的手要他送自己去上学，同时去补交学费。

父亲带着女儿，沿着弯弯曲曲的田间小路走到了两里开外的村办幼儿园。他在琢磨着，女儿还太小，最好有人接送，但是自己和妻子农活太忙，实在有心而无力。那，就找个大一点儿的孩子带着她上下学吧！

父亲找到了邻居家大一点儿的男孩子，让他每天带上彭菲一起上下学。

就这样，那个小哥哥早晚都和彭菲一块上下学。

可是，小男孩都比较好动，走路也不好好走，尤其是走在田间小路或是泥土路上，他们总会被身边各种各样的事物吸引，追追蝴蝶和小鸟，相互追逐打闹，或是停住脚步，看看热闹，三三两两地凑成一堆玩游戏。彭菲从小性格就比较安静，又是一个特别懂事的孩子，早晨盼着早点儿到幼儿园上学，放学后又惦记着要早点儿回到家帮父母做家务。因此，开始的两天，她还老老实实地跟着邻居小哥哥，按照他的步伐拖拖拉拉地上下学。两天下来，她便感觉不耐烦，因为小男孩走路拖沓，太慢了。于是，从第三天开始，她就开始一个人走路上下学。

父母看到了，感觉自己的女儿已经比较懂事，学会照顾自己了。同时也想到，去幼儿园一路上都是田埂或泥土路，车辆极少，那时几乎没有汽车，走路倒也安全。他们一再叮嘱彭菲路上要注意安全，特别是小心路滑，不要玩水什么的。

彭菲一一点头答应了。

父母干农活太忙，彭菲自从上幼儿园开始，每天都是自己一个人走路上下学，不用家人接送。无论刮风打雷或是下雨下雪，她都坚持上学。在幼儿园里学知识、玩游戏带给了她许多新鲜有趣的体验，她已然喜爱上了上学。

有一回，一早起来，发现夜里下了一场很大的雪，田野、道路都被厚厚的积雪盖住了。农民们也无法下地干活了。彭菲的父母觉得，下这么大的雪，幼儿园肯定不会开学。但小彭菲还是早早地起床，催母亲做好饭，坚持要去上学。

“菲菲，下这么大的雪，路都走不了，学校肯定停课了！咱就不要去学校了吧！”父亲说。

“不！我要去上学！”彭菲的语气很坚定。

无奈之下，拗不过的父母便一起陪着执着的女儿去幼儿园。一路上踩着厚厚的雪，步履艰难，平时 10 分钟就能走到学校，这一早足足花了半个多小时。

到了学校，他们发现只有老师在，一个学生都没来。

老师见到他们很是吃惊：“这么大的雪，你们还来了？！”

“是啊，是菲菲坚持要来上学。她说如果学校正常开学，她可不愿耽误了！”

“今天上不成学了，你们回去吧！”老师说。

于是，一家三口又踩着厚厚的雪，缓缓地返回家去。

之后，幼儿园老师开始教孩子们数数，也练习写 0 到 9 这十个阿拉伯数字。0 就是画一个圆圈，1 就是画一道竖道，2 有点像画一只小鸭，这些在彭菲听来，都比较形象，也能照着老师写的学着写。但是，像 3 呀、4 呀、5 呀、6 呀等数字，她开始时就整不太明白，经常将这些数字方向写反了或是写倒了。

老师纠正了一次、两次，发现彭菲还是写不明白，就安排班里一名写得好的小女孩帮助她，说是“结对子”“一帮一”。

回到家，彭菲问母亲：“我是不是很笨呀？”

母亲吃惊地问：“宝贝，你怎么了？你怎么会认为自己笨呢？”

“因为老师让我们写数字，我老是写不明白，总是写错。”

“哦，是这么回事！这不是你笨，是因为你还不熟悉，多写几遍，多练习练习，熟练了你就不会写错了。”停顿了一下，妈妈接着说，“俗话说，‘笨鸟先飞’，即使咱们是笨鸟，也可以先飞。咱们只要多加练习，就一定能学好的！”

于是，在母亲的鼓励下，彭菲每天回到家都默默地练习，一遍又一遍地抄写那10个阿拉伯数字。没过多久，她的数字就全都写对了。

从那以后，彭菲就再也没有被老师安排过“一帮一”了。恰恰相反，老师倒是经常安排她去“一帮一”其他的同学了！

第二章 『将来我要成为一名科学家』

第二年，彭菲就上小学一年级了。村小学和幼儿园在一起，学校的教室很少，只有几间平房，老师也很少。教室很简陋，冬天没有取暖设施，屋里很冷，小朋友们的手经常被冻得通红通红的。不少孩子长了冻疮，痒得厉害，老是拿手去抓挠，弄得手上经常布满了一个个小伤口。一到课间休息，大家便争先恐后地跑出教室去晒太阳，让身上暖和暖和。调皮的小男孩则总是靠着教室墙壁挤着，你挤我我挤你，打打闹闹，加上和煦的阳光照在身上，孩子们的身上才总算暖和起来了。再回到教室，一上起课来，彭菲便全然忘了寒冷，丝毫也不觉得条件艰苦，尽管手还会经常抓挠长冻疮的部位。

因为当时教室和老师都少，加上一个年级只有一个班，一个班通常也只有十几个学生，所以，一间教室需要安排两个班级在一起。两个不同年级的学生相背而坐。前一节课，老师给一年级的同学上课；下一节课，老师就给二年级的同学上课，一年级的同学就练习拼音、写字或是做计算题。

到了午饭时间，有时老师就自己给学生们煮饭、做菜吃。而更多的时候，彭菲都要回家自己做饭吃。从四五岁开始，她就学着洗衣、做饭、喂鸡、喂鸭，帮着父母做家务。从五六岁起，她都还没有灶台高，就开始踩着凳子学炒菜、炒饭。有时是父母教她，有时是表姐教她。彭菲小时候，表姐一到放暑假就经常陪她玩、照顾她，也经常教她做各种各样的家务。

早晨起床，父母早早地下地干活了，有时是插秧、收割稻子，有时是采收棉花，或是采摘辣椒，一早就挑到镇上去卖。有时父母下地前做好了早饭，在锅里给彭菲留了饭，她只要热一下就可以吃。而很多时候，父母都提前叮嘱她要自己做饭。这一天，彭菲就会起得更早，自己打鸡蛋，煎蛋，炒米饭，或是煮一些湘北人家时常吃的早点。

刚学煎蛋时，彭菲常常把蛋壳也带到了锅里，吃的时候总是硌牙。慢慢地，她就学会了先把鸡蛋打到碗里，万一有蛋壳掉到里面，就用筷子小心翼翼地挑出来，再把鸡蛋打均匀了煎。到了后来，她做煎蛋便很得心应手，能够做出外焦里嫩、金黄诱人的煎蛋了。

早饭很简单。而下午放学回家做晚饭就复杂多了。彭菲一面要自己烧火，先做好米饭，然后再去地里摘菜，洗菜，炒菜。她要给一家三口做好可口的饭菜，那样父母从地里干活回来就能吃上热乎乎的饭菜了。

家里种着十几亩地，农活很多，有时彭菲心疼父母也想下地帮忙干活，但总是被父母撵走：“地里的活不用你插手。你好好学习，将来有出息、有本事，就可以不用像爸妈这样起早摸黑地下地干活了！”

到了暑假，正是地里抢收抢种最忙的时节。放假在家、早早就把假期作业做完了的彭菲，才会被父母允许下地去干活。而作为早已习惯了炎热太阳和浑身汗水的孩子，彭菲对于农活丝毫都不陌生，更不觉得苦和累。在她看来，这是一种最自然的劳动。一分耕耘一分收获，只要人肯下气力，土地总不会亏待人。尤其是在收获的季节，看着果实饱满的稻粒颗颗归仓，吃着新米煮出的散发着稻香的米饭，那一刻，她感觉，作为农民，他们的生活也是满足的、惬意的。因此，除了不会耕地，其他各项农活彭菲几乎都学会了：播种、插秧、割稻、摘菜、采棉花、喂猪喂鸡、捉鱼捞虾……

在村子里，杨梅溪的支流穿村而过，溪流附近形成了大大小小的水塘。溪水清澈，溪里和水塘里都有很多的小鱼小虾。劳作之余，父亲便教彭菲怎样捕鱼。他专门买来了几个捕鱼笼。捕鱼笼是当地常见的一种捕鱼工具，通常由竹子或塑料制成，形状多样，但大多数设计为长条形或圆柱形，入口处设计有倒须，使鱼虾可以进入却难以逃脱。

父亲教彭菲投放捕鱼笼。第一步要选择地点，选择有鱼群和虾类活动频繁的区域。第二步是放置诱饵：在捕鱼笼内放置鱼虾喜欢的诱饵，如小鱼、小虾、蚯蚓、沾满油腥的饭菜等。第三步是将捕鱼笼沉入水中，确保入口朝上，以便鱼虾进入。然后就是等待了。当捕鱼笼放置几小时到一天，鱼虾就会被诱捕入笼。到了时间再去收笼，把捕鱼笼提出水面，取出捕获的鱼虾。

一开始，父亲带着彭菲布置和投放捕鱼笼。每到收获时，彭菲总是兴高采烈的，很有一番成就感。

后来，彭菲便学着自己做。尤其是到了周日或是暑假，她一早起来，就去割来一点韭菜，细细地切碎了，再拌上吃剩的米饭和家里榨油剩下的菜籽饼的碎渣，捏成一个个饵料，然后放到捕鱼笼里。她几乎每天都这样做，乐此不疲。用这种方法，她每天都能捞到不少鱼虾。于是，家里的饭桌上便永远都有吃不完的鱼虾。这些鱼虾虽然个头不大，但用油煎炸一下，或是和酸菜一起炒，味道格外鲜美，成为彭家人百吃不厌的家常菜。

彭菲的父母也很爱学习，一般是通过订报、看电视学习。他们经常感叹科学家真了不起，发明创造出了那么多先进的东西，改变了人们的生活。因此，彭菲对科学家有很深的好感和敬仰。大约是上二年级时，有一次，老师让用“将来”这个词造句，提问到彭菲时，她毫不犹豫地回答：“将来我要成为一名科学家。”

“好啊！彭菲同学这句子造得好，这个未来的理想和志向非常好！”老师微笑着表扬道，“其他同学也要向彭菲学习，将来当一名科学家，或者成为一个有出息、能为人民作出贡献的人。”

这，或许只是老师随口的一次表扬，却给彭菲留下了终生难忘的印象。谁也不会料到，有朝一日，她真的把科学家作为自己毕生追求的理想和奋斗目标。可见，老师对孩子们的赞赏、表扬实在重要！

彭菲喜爱上了学习。她很爱看书，但是村小学没有图书馆，连一间小小的图书室、一个图书角都没有。小小的她学会了认很多的字，却不知道哪里有书，自己能从哪里借到书。于是，只要看见有字的东西，她都要停下来读一读。上学路上各家各户门上贴的春联、小卖部里各种商品上的文字……慢慢地，她都能很自然地辨认和读出来了。家里父母订阅的《湖南科技报》她一张一张都读完了，学到了各种农业科技知识，像怎样种好辣椒，怎样科学养猪，等等。到亲戚家去，如果发现有书，那一定能带给彭菲巨大的惊喜。她会翻遍了寻找看看还有什么书，然后一本一本地都读完了，根本不在意是故事书还是别的什么书。学会了识字的孩子对于知识真可谓如饥似渴，如同海绵吸水一般全部吸纳进来。

1995 年，彭菲已经读到了四年级。村小学只办到四年级，五年级之后就需要到 5 里之外的镇上去上学，只有镇中心小学才是完全小学。

从村子里彭菲家出发，一直向南行走，先后要经过好几个村庄才能到镇上。一路上要走过一段段的田间小路，还要翻过好几座小山，地势起起伏伏，虽然坡度不大，但是对于一个 10 岁孩子而言，路程确实不短，往往需要耗费四五十分钟到一小时才能走到学校。但是，这些困难对于爱好学习的彭菲而言根本不算什么。

那时，父母每天很早就要下地去摘辣椒等蔬菜到镇上去卖。彭菲需要早早地起床自己做早饭，吃过饭便赶着去上学。在上学路上，她经常能碰到卖完蔬菜回家的父母。如果那一天卖蔬菜挣的钱多一点儿的话，父母还会给她一点儿零花钱。然而，这一角两角的零花钱装在彭菲的口袋里，往往装上一星期依旧是一分未花。倒不是因为村里没有买东西的地方，而且学校的小同学大多也喜欢到小卖部去买些零食之类的，尤其是小女孩，总是会买些花生、瓜子、糖果吃。彭菲却舍不得花钱，因为她知道家里并不富裕，自己不能乱花钱，除了必须买的文具，别的她什么都不想买。

尽管从家到学校要走不短的时间，但是，每一天彭菲都能很早就赶到学校，参加学校的早操和晨读，不管刮风下雨从未迟到过。而且经常是天才蒙蒙亮她就从家里出发，养成了一个非常好的上学习惯。她每天都自己设置好闹钟，6点左右自觉起床。有时甚至五点半醒来以为天亮了，她就起床了。

每天放学回家后，彭菲第一件事就是埋头写作业，然后再出去找小朋友们玩耍，或者到地里去帮父母干一点儿农活。到了寒暑假，她也保持着这样一种习惯，一放假就开始埋头狂写作业。把假期作业全都写完了，然后她再一心一意地去玩。赶上“双抢”农忙时节，她就到地里去帮忙。彭菲现在回想起来感觉这种生活还是很辛苦的，因为从家里到镇上，毕竟路程不短。但在当年的她看来，倒并不觉得辛苦，主要原因就是她非常热爱学习，学习的兴趣和热情压倒了一切艰苦。

镇上的小学比村小学大多了，一个年级有两个班八九十人。每个班都有自己独立的教室，条件也比村小学好。在五年级第一次期中考试，彭菲考了全班第一名，她感到很惊讶，甚至有些难以置信。

回家后，彭菲把这个好消息告诉了父母。父母表扬了她，同时叮嘱她：“菲菲，你千万不要骄傲自满啊！人们常说，女孩子学习，开始时总是领先，但是后劲不足，到了初中就容易掉队。”

听了父母的劝告，彭菲很不理解。她心里想：“怎么会这样呢？女生学习，只要坚持不懈，就一定能够很优秀。男生能做到的，女生照样也能做到。”但是，她也认真接受了父母的劝告。虚心使人进步，骄傲使人落后，这是当年毛主席的教导，也是父母这一辈人读书时的座右铭。她在心里暗暗告诫自己：不要骄傲自满，希望自己将来能够破除人们对于女生学习后劲不足的偏见。

镇小学里有一个小小的图书馆。在这里，彭菲如鱼得水，找到了许多自己喜爱的童话故事书，还有很多适合她读的课外读物。于是，她把大量的课余时间都花在了读书上，不停地从图书馆借书读，看了不少的童话故事，回家后就给自己身边认识的小朋友讲述。家里的几个表妹都是她的忠实听众。

图书馆里还有一台计算机，可能是一台 286 的机型。这是彭菲第一次亲眼见到计算机的模样。更令人激动的是，老师允许学生们去触摸计算机，上机去体验一下。但是，在那个年代，计算机实在太珍贵了，老师也只教大家怎样开机、关机，怎样敲打键盘，往电脑里输入字母、数字。

看到自己在键盘上敲的一个个字符，真实无误地显现在电脑屏幕上，彭菲感到惊奇极了。计算机真是太先进了，科学能够创造许多东西，能够带来许多神奇，科学太了不起了！这时，她从小学二年级就决心长大后要当科学家的愿望又浮上了心头。她想到了自己当年造的那个句子，暗暗地在心里说，将来一定要成为一名科学家，研制出许多高科技的东西。

虽然村子里和附近都有水塘和溪流，但是因为害怕孩子溺水，父母一直都不允许彭菲下河游泳，也没有教她游泳。有一回下雨天，彭菲踩着泥泞的土路去上学，因为脚和雨靴上沾满了泥，她就在水塘边洗脚和靴子，结果不小心脚下一滑，整个人就掉进了水塘里。

彭菲使劲儿地扑腾着，想要从水塘里爬上来，但是水塘比较深，塘壁泥泞而溜滑，根本抓不住。情形非常危急，她想要呼救，周边却没有一个人。虽然彭菲很害怕，但是仍旧不停地挣扎着，好不容易终于抓住了水塘边的一些草根，幸好这些草根都扎得很深很牢，她双手紧紧抓住这些草根，才一寸一寸艰难地爬了上来。

彭菲的裤子都湿透了，靴子也没法穿了。她只好哆嗦着，一面提着靴子，一面回家去换衣服。

当母亲看到彭菲这副狼狈样子，简直都快吓晕过去了。好在人没有事，只是虚惊一场。帮助女儿收拾干净后，父母一再提醒彭菲，以后一定要更加小心，不要靠近水塘洗刷东西，尤其要小心，千万不要再滑进水塘里。

课余时间，或是到了周末、节假日，彭菲经常一个人待在家里。老师布置的作业她都已经做完了，又没有书可看，闲着无事的她，便对家里的一些小电器产生了兴趣。看到闹钟，她就想弄清楚闹钟为什么会走，于是，她便找来父亲平时用的改锥等工具把小闹钟给拧开来，仔细查看闹钟内部是怎么样的，一个个小齿轮是如何咬合的，又是如何带动指针——时针、分针和秒针运动的。然后，她又琢磨另一个新的问题：为什么秒针走得最快，而时针走得最慢……

彭菲尝试着将闹钟的小零件一个个拆开来，最终也没能弄清楚闹钟究竟是怎么工作的。她感到有些失望，于是，回忆着刚才拆开时闹钟的样子，又把零件一个一个地装回去。

等彭菲全部装完了，结果发现还剩下了两三个小零件，不知道该安在哪里。好在重新安好的闹钟还能走，时间也还准，倒没有因为缺了这两三个小零件而受到影响。

彭菲也试着将家里的电风扇拆开，研究里面的转轴和旋转的原理。结果发现，原来在转轴的塑料壳里装了一圈球形的滚珠，实际上正是电带动了滚珠和转轴转动。至于电究竟是如何驱动扇叶转动的，她却仍旧没有弄清楚，留下了许多的疑问。她去问父母，他们也答不出来。父母就顺便教导她："你好好学习，将来自己去弄清这些电器的工作原理。"

看着满地被拆得七零八落的小零件，看到女儿重新组装回去的小电器虽然还能工作却剩下了几个小零件，父母总是哭笑不得，又无可奈何，但并没有责怪她。父母反倒还夸奖彭菲有探索精神，动手能力强，居然能把电扇、闹钟拆开来又装回去，而且装回去后还能继续转。

家里许多的小电器都被彭菲拆开过。但是，家里那台珍宝似的 14 寸黑白电视机，她却始终不敢动手。她想的是，万一拆开装不回去了，父母该有多伤心，而自己也将没法再收看电视节目了！

在彭菲读小学五六年级的时候，她的数学老师叫王贵树。这是一位非常好的老师，很善于循循善诱、循序渐进地培育拔尖的学生。王老师长得瘦瘦的，戴着很厚镜片的眼镜，习惯眯着眼睛看人，或许是因为他眼睛高度近视，看不清楚东西。在小小的彭菲看来，王老师对她特别关注，也很关心同学们。

每次数学练习作业或是数学考试，彭菲都很快就做完了。于是，她自我感觉良好，内心不免有点飘飘然，认为数学实在太容易了！

王老师仿佛看出了彭菲的这份心思似的，于是，有一段时间他每天都特意给彭菲留几道数学难题，让她回家去好好思考和解答。

彭菲回家做完作业后，便开始苦思冥想王老师留的这几道数学题。这几道题确实有点儿难，彭菲想方设法地解答它们，结果往往只能做出一两道题，还有几道题却怎么也解答不出来。

第二天，王老师问她答题的情况。彭菲老老实实地回答：“还有几道题解答不出来。”

王老师便抽空给彭菲做详细的讲解。有些题的解法确实也是彭菲还没学会的。

这些额外的“开小灶”，让彭菲学到了更多的数学知识。既使她超越了自己的同龄人，同时也让她知道了差距。她经常提醒自己，不能骄傲自满。她心里明白，王老师这样给她出难题，额外让她增长知识，目的并不是打击她，而是让她增长知识。

后来，王老师还推荐彭菲参加了常德市的奥数竞赛。结果，彭菲考得相当不错，在全市都排到了比较靠前的位置，获得了一等奖。

也就是从那时起，彭菲对数学产生了浓厚的兴趣，并且从此一发而不可收，每次数学考试都是满分。数学成了她学习的强项，也是她成绩远高于其他同学的一个优势所在。

彭菲的父母平时非常节俭，在生活上十分朴素，舍不得为自己多花钱，衣服破了补一补接着穿，常常三年两载都没有为自己添置过什么新衣，却给彭菲过年过节时买些新衣服。

在彭菲的记忆里，父母几乎没有出过远门。最远的一次，是一家人一起去了湘潭市的韶山冲旅游。他们去那里的主要目的，就是去瞻仰毛主席故居，瞻仰毛主席雕像，参观毛主席纪念馆、伟人的出生地和童年时代生活的地方。这，是父母一直以来的心愿。湖南人最敬仰毛主席，在客厅正中央都要张贴一张毛主席的大幅画像。

除此以外，彭菲小时候去得最远的一次，便是有一回王老师带着她去县城参加全市数学竞赛。

第三章 继续保持第一名

彭菲顺利地升入了位于镇中心小学隔壁的镇中学。

这一年，父母作出了一个艰难而坚决的决定，全家搬到镇上去。这就意味着他们需要到镇上去重新找寻谋生的手段。

或许，父母每天看到自己心爱的女儿风尘仆仆地往返奔波 10 里路上学太不容易，心疼不已；或许，是因为女儿如此好学，以至于每天都要五六点早早地起床去镇上上学，而晚上又要开灯夜战做作业，每日睡眠不足，十分辛苦；或许，因为他们都是有文化的农民，看到村里人纷纷外出务工赚钱，他们也想开始新的生活……无论是哪一种情形，父母显然是下定了决心要到镇上去，这样对女儿更好。在镇上盖了房子，离彭菲就读的中学很近，上学自然更加方便了。

那个年代，到处在热火朝天地搞建设，彭菲父母认为，建材生意应该比较好做，市场一定看好，因此他们拿出自家全部的积蓄，在镇上街边开了一家建材店，经营建材生意。虽然搬运建材又苦又累，常常会弄得灰头土脸，但是能够以此为生，并且赚到钱，他们还是相当满足的。

镇中学从初中起，每个年级有四个班。第一次考试，彭菲还是考了第一名，而且比第二名的分数高出了许多。她对学习越来越感兴趣，信心也越来越高涨。此后，她每次考试都是全年级第一名。一个老是在最前面领跑的人，看似没有对手，但是其实她需要更强大的内心和坚强的毅力与韧劲。彭菲就是这样的。随着获得第一名的次数越来越多，她也感到压力越来越大。她时时提醒自己不要骄傲自满。她现在回想起来，自己当年无疑有一点庸人自扰。在初中三年间，她一直牢牢占据着全年级第一名的位置，无论大考、小考、期末考、期中考。她成为地地道道的“学霸”。学校奖励的奖状都贴满了彭菲家里整整一面的墙。她从未觉得自己聪明过人，只是她有很好的学习习惯，不用扬鞭自奋蹄，在学习上特别自觉，无须督促。而且，她主观上很爱学习，总是为能吸收到新的知识而倍感开心。

初中班主任彭辅初是一个对彭菲产生了很大影响的人。彭老师教数学和化学，给学生们传输教诲以及做人的道理似乎不在他负责的课程范围内。但是，他却经常利用自习课时间，给同学们读报、读书，或者讲一些人生哲理。每次读到不错的书，无论是文学还是历史，他都喜欢给学生们朗读其中的精彩片段。他也常常找来报纸上的一些新颖的报道读给学生们听。

让彭菲记忆犹新的是，彭老师在给学生们讲安全问题时，他不是枯燥地说教，不是在口头上简单地教大家应该怎么做，而是找来报纸上或书上的一些实例来讲解，以加深大家的印象。譬如，在讲到用火和消防安全让大家要注意防火时，彭老师就给大家读了克拉玛依火灾事件：

1994年12月8日，克拉玛依市教委和新疆石油管理局教育培训中心在克拉玛依市友谊馆举办迎接新疆维吾尔自治区“两基”（基本普及九年义务教育、基本扫除青壮年文盲）评估验收团专场文艺演出活动。全市7所中学、8所小学的学生、教师及有关领导共796人参加。

演出开始后，舞台上方的7号光柱灯突然烤燃了附近的纱幕，接着引燃了大幕。顷刻间，电线短路，灯光熄灭，剧场里一片黑暗。谁也没有料想到火灾来得这么快，这么猛烈。浓烟中，教师们嘶哑地叫喊着，组织学生们逃生。但是，他们怎么也没有想到，馆内的8个安全门，只有1个门是开着的。烈火、浓烟、毒气以及你踩我挤、东撞西碰，很快地夺去了一个又一个生命。事故一共造成325人死亡。

读完新闻，彭老师总结道：“同学们看看，消防安全多么重要，大家平时一定要注意用火安全，注意防火，这可是人命关天的大事啊！”

放寒假之前，彭老师就教育同学们：“过春节大家都放鞭炮，但是你们还小，不能自己点燃鞭炮。”为了让大家知道燃放鞭炮有可能造成的危害，彭老师给大家读了当时报纸上报道的烟花市场爆炸事件，炸死炸伤了很多人，提醒同学们千万不要粗心大意，不要拿生命开玩笑。彭老师读的这些报纸，讲的这些事情都是现实生活中真实的案例，因此让彭菲和同学们印象更加深刻，他们都把防火安全牢牢地刻在了自己的脑海里。

平时，彭老师不仅教数学、化学的知识，也教给同学们做人的道理，并且告诉孩子们外面的世界很精彩，大家要努力学习，将来到外面去看精彩的世界。他给这些来自农村的、从未去过外面的孩子讲了很多城市的生活，如坐地铁出行，用抽水马桶，住的房子上上下下都坐电梯，五光十色的霓虹灯……总之，他所说的外面的世界是孩子们所陌生的，闻所未闻、见所未见的。他希望把自己所知道的一切讲给同学们听，让他们对城市生活、对外面的世界充满着憧憬和向往。从此，孩子们心里都种下了一颗颗种子，就是要走出山区，走到外面去，去更大的世界看一看。这些种子也在彭菲的心里种下了。有时候，彭老师也会脾气不好，尤其是看到孩子们学习不努力、开小差、成绩不理想的时候，他会非常着急。他在课堂上一再地教育孩子们："你们很年轻，像早晨八九点的太阳，未来是你们的，如果你们现在不好好努力，以后就会后悔不及。古人说：少壮不努力，老大徒伤悲，说的就是这个意思。”

尽管过去了许多年，但是彭老师当年的这些教诲，彭菲至今回想起来依旧历历在目。中考时，彭菲发挥正常，考得很不错。在初三即将毕业的时候，彭老师告诉彭菲：“你不要骄傲，好好学习，将来要考到清华、北大去见见外面的世界。清华、北大是我们国家最好的大学。”这是彭菲第一次知道了清华和北大。彭老师也是第一个鼓励她考清华、北大的人。在那之前，她对于清华、北大没有什么概念，也不甚了解。3 年以后，彭菲果然没有辜负彭老师的期望。

第四章 和高中同学并肩前进

2000 年，彭菲以全县第四名的成绩考上临澧县第一中学。临澧一中位于临澧县城，而县城距离镇子大约 28 公里，乘坐公交车需要走一个小时。因为距家更远了，彭菲从高中开始住校，一个月才回一次家。高中一个年级有 12 个班。彭菲喜欢数理化，数学成绩一直非常好，因此从一开始她在高中的排名大多保持在全年级前 5 名。但是，她的名次并不稳定，有起有伏，有时也能排到第一名。这里毕竟集中了全县最拔尖的孩子，同学们都很厉害。彭菲的性格是比较包容的，对自己也有充分的自信，因此她和其他优秀的同学能够相互鼓励，一起好好学习，彼此既是竞争对手，同时又是很好的朋友。正是有了这样一群优秀的同学，彭菲也获得了更大的进步。

令彭菲尤其难忘的是念高一时的班主任，他鼓励同学们要多读书，也时常提醒她一定不要骄傲，而且经常从学校的图书馆借书给她读。彭菲就利用课外时间阅读。

那时课程变多，学生大多没有太多时间去图书馆挑选

彭菲曾就读的临澧一中

书籍阅读。老师借的主要是一些经典的图书，包括世界名著，如《傲慢与偏见》《红与黑》《约翰·克利斯朵夫》《战争与和平》，也包括中国的经典名著，如《红楼梦》《平凡的世界》等。

在那段时间里，彭菲阅读了大量的文学作品，这些作品也对她产生了很大的激励作用。特别是《平凡的世界》，她至今还留有印象，书里的主人公孙少平、孙少安为了理想而努力奋斗，即便遇到了生活困境也毫不妥协。这个故事让人感受到平常人也能成就一番事业，对彭菲这样一个同样出身于农民家庭的孩子而言，有着非常好的激励作用。那时候，她也会读金庸的武侠小说，并观看金庸小说改编成的电视剧，像《射雕英雄传》《雪山飞狐》等，金庸的小说里所宣扬的美好的爱情和大侠的精神价值观对彭菲都有所影响。在阅读这些武侠小说和观看电视剧的过程中，彭菲认识到，做人一定要品行端正，“为国为民，侠之大者”，真正的大侠应该胸怀国家、胸怀人民，要一诺千金，要讲诚信、守信用。除了思想上的影响和启蒙，这些小说里描写的美好爱情故事也对彭菲产生了朦朦胧胧的影响，让她对未来的爱情充满了憧憬和向往。她非常羡慕小说里描写的那一对对神仙眷侣，没有丝毫的婆婆妈妈或鸡毛蒜皮，男女之间表达的都是最真挚的儿女情长。她特别渴望将来也能遇到一个对自己一心一意的、正直善良的男孩，作为自己的终身伴侣。这，可能是文学作品对她最早的爱情启蒙。

刚上高中，物理课程难度加大。在刚开始学习力学时，彭菲有点儿蒙，有的原理总弄不明白，老做错题。为此，她还哭过一回。

后来，彭菲就自己找参考资料，不懂的地方自己主动学习，经常查缺补漏，慢慢地，就弄懂了力学的原理。

从高中起，彭菲一直在学校寄宿。虽然父母没能在功课上给彭菲什么辅导，但是只要女儿需要买什么学习资料，他们都毫不犹豫地给她钱去买。

英语学习需要反复不断地背诵单词和句型，彭菲提出要买一台复读机。父母便毫不犹豫地给她买了一台，让她好好地学英语。

临澧一中有一批非常优秀的老师。高二的暑假，学校抽了一批学生，安排老师专门给他们上奥数课。老师上这些课都是义务的，尽管没有额外的报酬，但是这些老师都竭尽全力。

经过突击，原本数学就非常优秀的彭菲后来取得了很好的成绩。就是这一次，老师带着他们乘车去了长沙，参加奥数竞赛，这是彭菲第一次去长沙。路途较远，她一路上晕车晕得厉害。在长沙参加奥数竞赛，彭菲获得了湖南省的二等奖。在这次参赛过程中，老师带着大家去参观了湖南大学和岳麓山，游览了当年毛主席题写牌匾的爱晚亭和岳麓书院等一些名胜古迹，给彭菲留下了深刻的印象。

在彭菲读高三的时候，班主任杨习海是一名数学老师，而数学正好是彭菲最擅长的，因此她也格外受杨老师的青睐。杨老师是一位严谨认真而且富于热情的老师。他每次上课书写的板书都是整整齐齐的，总是从黑板的最左上角一直书写到右下角，写满一黑板的板书后，一节课就结束了。彭菲感觉上他的课，时间总是过得很快。每次杨老师都把解答问题的公式、课程的内容讲解得清清楚楚，因此，善于循循善诱的杨老师的课更是她最喜欢的。

杨老师经常鼓励彭菲他们：“你们要好好学习，将来考上好大学，去看看外面精彩的世界，去广阔的天地闯荡，做出一番事业。”同时，他还提醒每位同学，“做任何事情，一定要抱最好的希望，尽最大的努力，做最坏的打算，无论成败，都得尽心尽力而为。如果竭尽全力了，最终还是没能获得成功，那就没有什么可后悔或者难过的”。

在杨老师的激励下，彭菲所在的高三全班集体非常团结，也都积极上进，全力以赴地学习，除了休息，几乎都把所有的精力和时间投入学习功课上。

2003 年春天，南方的广州发生了“非典”疫情。消息传到湖南。学校也非常紧张，临澧一中很快实行军事化封闭管理。杨老师担心同学们的身体素质和免疫力，他提醒大家一定要注意劳逸结合，千万不能让自己生病。

为了增强大家的体质，杨老师每天早早地就把同学们唤醒，领着大家沿着操场跑步，让他们通过锻炼来增强抵抗力。他教育同学们不能死读书，要张弛有度。特别是到了高考前的最后一个月，他更是让大家完全放松下来，还跟同学们说：“有时间就多去操场跑跑步、打打球，放松放松。你们已经掌握得非常好了，一定要对自己有信心，做事一定要有章法，要稳住阵脚，千万不能自乱阵脚。”

杨老师无疑是一位经验丰富的优秀教师，他的判断也非常精准。后来，全班同学果然没有辜负他的期望，全部考上了“985”“211”高校，成绩都相当优秀。

彭菲原本的志愿是到长江三角洲或者珠江三角洲一带的大学去念书，因为这些地方距离湖南比较近。而对于她这样一个几乎没有出过远门、最远也就到过长沙的女孩而言，离家近似乎是一个更好的选择。作为一个南方人，能留在南方读大学对她来说更有吸引力，因为学习成绩一直优异，因此她对自己心仪的学校一直都充满了信心。

彭菲填报高考志愿时是杨老师指导的。杨老师特意把彭菲叫到办公室，拿出了一本清华大学的宣传图册，让她翻看。

彭菲拿起这本图册，发现图册印制得十分精美。她看到清华大学校园非常优美，有古色古香的建筑，有湖泊，有游泳池，还有现代化的住宿、教学条件，如雄伟的教学楼，整洁明亮的新建的学生宿舍楼。特别是看到有一张俯拍的下沉广场，她感觉有一种对称的美，非常的美，顿时，清华大学在她心目中变成了第一选项，之前向往去上的那些大学都没那么“香”了，因为清华大学是国内最著名的大学之一，校园又那么优美。但是，彭菲对自己能否考上还缺乏信心，她问杨老师：“我不一定行吧？”杨老师却鼓励她：“你不要妄自菲薄！我觉得你是可以考上的，就是目前还没有尽力。”

于是，彭菲咬紧牙关，决心更加发奋努力地复习功课，一定要考出理想的成绩。她还和一个好朋友分享了这件事情，这个闺蜜的学习成绩也很优秀，两个人约定一起努力，争取一起考到清华大学去，继续当校友。虽然后来很遗憾，那个闺蜜没有考上清华大学，而是考上了北京的一所双一流“211”大学，但是在考硕士研究生的时候，她也考上了清华大学，终于和彭菲再一次成为校友。

那一年，湖南省高考发生了一件匪夷所思的事。在全省进行数学统考时，发生了试卷泄密事件。于是，教育部门临时启动了数学备用卷，而数学备用卷的难度恰好是前所未有的。这真可谓天赐良机，让彭菲在数学方面的特长得到了充分的发挥，属于她的好运气终于来了！

这一年，全省理工科的高考学生数学得分普遍偏低，而彭菲居然获得了很高的分数，总分 627 分，这使她的总成绩挤进了全省前 80 名。

更大的好事还在后头。从这一年起，高考志愿填报改革，即实行事后填报，也就是公布完全省所有考生的高考得分以及在全省的排名之后，再由考生自主选择报考志愿。

全省前 80 名，报考清华大学就没有什么困难了。那时人们常说，21 世纪是生物学的世纪，于是，彭菲便报考了清华大学生物医学工程系，并顺利地被录取。2003 年这一

2003年，彭菲考入清华大学

年，临澧一中一共有3个同学考上了清华大学，还都是女孩子。因此，她们被人们戏称为“三朵金花”，一时风光无限。

彭菲班上有一个同学平时成绩也非常优秀，和彭菲经常是你追我赶，有时他考第一，有时彭菲考第一。这个同学高考时发挥得不错，他报考了北京大学，已经超过了录取的分数线，据说投档的时候已经投进去了，但不知何故，最终却未被录取。这个同学没有放弃，选择了复读。在他复读期间，彭菲还经常写信鼓励他用心复习，相信他一定能行。第二年，这个同学果然顺利地考上了北京大学。现在他已经是北大的一名教授了。

第五章 清华园里的青春岁月

拿到了清华大学的录取通知书，彭菲非常兴奋和激动。家里人更是为她倍感高兴。特别骄傲的是她的父母，他们在镇上热热闹闹地办了升学酒席。亲戚朋友和村里的乡亲们知道了这个好消息，纷纷前来祝贺。当时，人来了很多，大家都感到与有荣焉。

从偏远的乡镇要到北京去并不容易。需要从镇上坐车到临澧县城，再从临澧县坐车到石门县汽车站，再从石门县汽车站转到火车站，然后坐 20 多个小时的火车去北京。

彭菲一直沉浸在兴奋里。到了清华大学后，彭菲遇到了来自全国各地最拔尖的一大批学生，她很快便从兴奋到倍感压力。特别是当她看到同学们学习都特别刻苦，她觉得自己也应该像大家一样。宿舍夜里是11点熄灯的，可同宿舍有的同学熄灯后还打开充电灯，在书桌上继续学习。

到了大学，彭菲感觉仿佛掉进了知识的海洋里。在这

彭菲在清华大学宿舍

里要学的知识和可以学的知识太多了，图书馆太大了，藏书不计其数。彭菲也渐渐地发现自己不懂的东西太多了，于是她便选了很多选修课，几乎把每一天的时间都排得满满的。除了学习生理学、信号与系统等必修课程，她还选修了图像处理、模式识别、机器学习等方面的课程。这些额外的选修课很好地拓宽了她的视野，也为她后来研究医学图像处理奠定了基础，为她未来的工作打下了根基。她大学本科的毕业设计选的便是医学图像处理这一方向的选题。

到了没有课的晚上，或者周末、节假日，同学们都争先恐后地去图书馆占座位学习。清华大学的学生非常勤奋，图书馆里的座位常常是一座难求。特别是到了学期末，如果不早早地去图书馆抢占座位，根本就不会有座位。

当年，清华图书馆老馆有一位管理员，年纪比较大，属于老大爷了。这位老大爷非常热心，也非常用心。每当老大爷看到有同学趴着睡着了，他便走过去轻轻地拍醒，让同学继续学习，要不就回宿舍去休息，不能占着座位。有时看到有的座位上老半天都摆着书本和各种东西，却一直没有人来坐，老大爷便会走过去，把座位上的东西理一理，都放到了一边的窗台上，把座位腾出来，让其他同学能够坐下来学习。彭菲对这位老大爷的印象特别深刻。因为她自己有时在座位上睡着了，也被老大爷拍醒过。

除了刻苦学习，彭菲也积极参加大学的勤工俭学。父母为了让女儿专心学习，通常想方设法地提前给她的银行卡里打一笔钱，想着节约着用应该是够了。但是上大学，需要购买书籍和学习资料，也需要购买电脑完成一些必需的作业，还需要添置手机，冬天也需要添置羽绒服等衣物。彭菲是一个从小就很自立自强的人，她想着尽量不要再找父母要钱，因此一方面，她刻苦学习，在大学期间拿到过两三次奖学金；另一方面，她也效仿别的同学在学校里寻找勤工俭学的机会。

彭菲在清华大学紫荆学生公寓当过宿舍管理员。公寓的每个单元都有一个门，她就坐在单元门口，看着都有哪些人进去。女生楼的宿舍管理员的工作职责就是坐在楼下的传达室里，看着进进出出的人，主要是防止男生进入女生宿舍楼。除非经过特殊批准，要不男生是不允许进女生宿舍楼的。

因为彭菲是个女孩子，父母写信来一再提醒她要照顾好自己，外出注意安全。所以，彭菲平时也特别小心谨慎，基本上不去校外找勤工俭学的机会。除了当学生宿舍管理员，她有时也去学校的超市当一名理货员，整理货架上的货物，把它们收拾规整。她还曾经担任过校友会的助理。有一个学期，她给清华跳水队的小队员们当家教，辅导功课。

当时，著名的跳水教练于芬担任清华大学体育部教授、清华跳水队总教练。她曾带过伏明霞、郭晶晶等多名奥运冠军。她在清华大学组织了一批 10 岁左右的小孩学习跳水。这些孩子都是于教练从各个学校选拔出来的优秀苗子。他们一半的时间在清华大学训练跳水，一半的时间回到学校上课，这样他们的功课就会有些跟不上，或者有一些作业完不成。彭菲的职责就是辅导这群孩子写作业，一小时有几十元的报酬。虽然报酬并不高，但是其好处是不用出校门，比较安全。在这个过程中，彭菲遇到了一个活泼可爱的小女孩，那个小女孩自我介绍说她叫施廷懋。当时彭菲不认识“懋”这个字，施廷懋还特意告诉她这个字怎么读，甚至还学着跳水冠军的样子，给彭菲签过名。跟这一群孩子相处，彭菲感觉自己也变成了一个孩子。

有时候，小队员们也想带彭菲体验一下跳台跳水。他们鼓励彭菲站上了 10 米高的跳台，彭菲感受到了高度，也感觉脚底下痒痒的，仿佛随时都可能从跳台上掉到水池里。她不由得有些畏惧，站在跳台上离前方的起跳位置还很远，她就不敢往前走了。那一刻，她感觉这些小孩真是了不起！这么高的跳台站上去都够吓人的，而他们竟然敢轻轻松松地站上去，再以优美的姿势跳下去。看来，各行各业都不容易，各行各业都有杰出的人才啊！

在学习上舍得下苦功夫，彭菲在“学霸”集中营的清华班级里，也能获得中等偏上的成绩。她不是一个死读书的书呆子，除了参加勤工俭学，还积极参加各种社会实践活动。

在大学一年级放暑假的时候，彭菲和几个要好的同学一起组成一个小分队，赴陕西乡下去调研农村医疗情况。当时有一位同学是陕西的，她家里人帮忙找了一些医院，了解医院里的医疗器械设备情况和医疗水平。他们自己也主动地找到了一些医院，对方听说是清华大学的学生来进行社会调研，都非常欢迎，热情接待。

在这次调研中他们发现，许多医院的医疗器材，特别是高端医疗器材，几乎都是从外国进口的，像西门子、飞利浦、强生等，那时彭菲就特别希望将来有一天中国能够制造出自己的高端医疗设备。因为她就是学生物医学工程专业的，她也希望自己将来能够从事医疗器械研究，研发出具有自主知识产权的前沿医学技术和先进仪器设备，提高中国的医疗水平和竞争能力。后来，她的同学里果然有人便选择了从事医疗器械制造和生产，像他们班的班长毕业后便参与并联合创立了华科精准公司。班长是本硕博连读的“三清”博士，毕业后做医疗器械的转化，研发了神经外科手术机器人，并且已转化为产品，成立了公司，担任公司的 CTO（首席技术官）。现在手术机器人已经投入使用，公司也已实现了数轮融资。还有同学一直在实验室里做脑机接口研究，进行了近 20 年，终于在 2023 年底完成了第一例手术。这已经是国际领先的水平，而无线微创脑机接口第一例手术的那位瘫痪多年的患者，目前通过脑信号控制气泵手套，已经能够自己喝水进食，这已经是一个非常了不起的突破。

在学习之余，彭菲也积极参加各种社会工作，当过志愿者。她和同学们一起去北京星星雨教育研究所陪伴孤独症儿童，和孩子们聊天、做游戏，让那些孩子收获了很多的快乐。在生物医学工程系，彭菲还竞选上了宣传部部长，负责编辑学院的院刊和院学生节宣传等活动。

到了周末和节假日，有时彭菲也和同学们一起去逛逛街，到商场去买衣服和一些日用的东西。有时，她也和同学们上卡拉 OK 厅去唱歌。业余时间，她还和大家一道学习集体舞。2004 年，国庆 55 周年，清华大学学生组成了一个方队到天安门广场去跳集体舞，彭菲也幸运地入选了。10 月 1 日一大早，他们便从学校出发，集体前往天安门广场参加跳集体舞。那一天大家载歌载舞，满面笑容，

彭菲参与国庆 55 周年庆祝活动时拍的照片

共同营造了国庆佳节的喜庆欢乐气氛，同时观看升旗仪式，留下了终生难忘的印象。

尽管体育成绩不是特别好，但是在平时，彭菲每天都积极参加体育锻炼。她和同学们一起学习打篮球、乒乓球、羽毛球、排球，几乎各种球类运动她都学会了，尽管技术未必很高明。她甚至还学习了空竹的入门动作，如何抖空竹、耍空竹，掌握了基本的动作要领。因此，大学四年间，她每一天都过得很充实，是一个性格阳光开朗的大学生，浑身充满了活力，对未来满怀憧憬。

第六章 到深圳去读研

2007年，彭菲大学毕业。因为学业成绩优异，她被保送读研，进入了生物医学工程系叶大田教授实验室。叶教授率领团队参与开创了清华大学深圳研究生院，现已更名为清华大学深圳国际研究生院。彭菲的导师是袁克虹副教授。

叶大田教授，1946年出生于广东省江门市鹤山。1970年本科毕业于清华大学电机系工企自动化专业，毕业后在北京汽车制造厂动力分厂担任技术员。1973年，她回到清华大学，开始了她的学术生涯，先后晋升为助教、讲师。1988 年至 1990 年，作为公派访问学者前往英国曼彻斯特大学学习仪器科学与分析，获得硕士学位。1990 年 7 月，回到清华大学电机系，次年晋升为副教授，1995 年成为教授，1998 年担任博士生导师。2001 年，叶大田教授与赵南明、叶宏开、李林法等教授一道，克服各种困难，创办了清华大学医学院，又于 2004 年南下深圳，创立了清华

2007 年，彭菲从清华大学本科毕业

大学深圳研究生院生物医学工程研究中心。

2007年，叶老师已经60多岁了。她个子不高，略微有点儿胖，总是笑眯眯的，非常慈祥，也很可爱，一直亲切地叫她的学生们“孩子们”。每次过年过节，她还会在微信群里给大家发红包。同学们都亲切地称呼她“叶奶奶”。叶大田实验室师生微信群，同学们就起名叫“我们都爱叶奶奶”。同学们也的确把她当作自己的奶奶看待，感觉亲切、亲近。

叶大田是一位杰出的女性科研工作者，以身作则践行着清华大学提出的“为祖国健康工作50年”的口号。尽管已年过花甲，但她依旧精力充沛，带领学生们做实验。她不仅关心同学们的科研工作，也关心每个人的生活。因为担心同学们有时忙于做实验熬夜太晚了饿肚子，她特地在实验室里配备了冰箱和微波炉，有时还带同学们出去吃自助餐，或者去哪里放松一下。每逢周末，她也会组织大家去深圳的大梅沙、小梅沙、大鹏湾的海边自助烧烤，或者组织大家一起去果园采摘水果，或是去深圳邻近的城市进行一次短途旅行。

有一次，叶老师带领实验室的师生一道去江门玩。她还不无自豪地给彭菲他们介绍说：江门有一条院士路，这条街上还塑有她哥哥叶大年的雕像呢！叶大年，矿物学家，1966年从中国科学院毕业后留在该院地质研究所工作，1986年任研究员，1991年11月当选中国科学院学部委员（院士）。

彭菲所在的清华大学深圳研究生院实验楼

尽管在生活上叶老师对同学们关怀得无微不至，但在科研上她对大家的要求却很严格。她让学生们好好学习，好好做科研，细心地指导他们做实验。叶大田实验室的女生都很自觉，主动以叶老师作为自己的榜样，好好科研，好好生活。因此，从这个实验室里走出了许多优秀的学子。彭菲的那些师姐们经常拿到奖学金，她自己也拿到过几次奖学金，还获得过清华大学深圳研究生院的“学术新

证　书

医学院彭 菲同学，品学兼优，特奖给二〇〇八年光华奖学金一等奖，以励刻苦学习，全面发展，成才报国，振兴中华。

清华大学
二〇〇八年十二月

彭菲读书期间获得的奖学金证书

秀”奖。比彭菲高一年级的师姐李双双毕业后进入了深圳迈瑞公司，攻关“超声弹性成像”诊断技术，提出了诸多世界首创性技术，成为中国的“超声女神”，并于2020年荣获“全国劳动模范”称号。

偶尔，同学们也会在微信群里感叹：太累了！太辛苦了！想要“躺平”。叶老师看到后立马严肃地予以批评。她告诫同学们：“年轻人就应当尽力拼搏，为祖国作贡献，怎么能谈躺平呢？何况你们都是清华大学的学生，是全国最优秀的一群人呢！”

彭菲的导师袁克虹副教授，先后毕业于南开大学和北京大学数学系，戴一副透明眼镜，平时喜欢留寸头，穿休闲T恤。他曾先后在美国MGI公司和加拿大的BLJC公司、北京大学医学物理和工程诊疗重点实验室等机构任职。2006年2月，他开始任职于清华大学深圳研究生院生物医学工程研究中心，主要从事AI辅助诊断和基于医学图像等领域的算法研究和软件编程。

袁老师是一个非常包容的人，特别善于鼓励人。每当彭菲在实验中做出了一点新东西，或是一项设计有一些新的内容，取得了一些成果，他都会夸奖她，而且逢人就夸，说："彭菲这位同学真不错，人聪明，会思考，会动手，能力很强。"因为他经常在别的老师和学生面前夸彭菲，让彭菲自己都觉得有一些惭愧，同时心里也感到有些高兴，暗暗提醒自己下一次一定要做得更好，取得新的进展。而一旦她又做出了新的成绩，袁老师则会继续夸，他总是说："彭菲不错，彭菲很棒，这些实验结果都很出色。"

面对老师的夸奖，彭菲心里虽然也有一些欣喜，但她更多的则是感受到了一种激励，她觉得自己只有更加努力，才对得住老师这样的表扬和赞赏。

在选择研究课题的时候，袁老师给出了好几个课题，让彭菲自己选择。他说："你自己对哪一个感兴趣就选哪一个，我相信你都能做得很好。"在学术指导上，袁老师也非常有耐心。彭菲有时遇到一些事后想起来感觉很傻很简单的问题，但当她请教袁老师时，每一次他都会很认真地回答。

大四毕业设计写论文综述时，彭菲问袁老师 SOTA 是什么意思，袁老师耐心地解释说："SOTA 就是 state of the art，指的是在某一特定领域或任务中当前最高水平的技术或方法。它通常用于评估和比较不同模型和技术的性能，以确定最佳解决方案。”

彭菲听了袁老师的解答恍然大悟，她发现，导师不但没有嘲笑她，反而认认真真地给她解释，并且举例说明。

彭菲的研究生毕业设计中要制作一款电路板，在同门师兄弟姐妹们的带领下，她来到了深圳华强北电子市场。当她走进电子市场时，确实感受到了震撼。她发现，在华强北电子市场里几乎自己想要的所有东西都一应俱全，从电阻、电容等各种芯片等元器件，到主板、电源、传感器等半成品，再到车载导航、电脑、手机等成品，应有尽有，琳琅满目。想要定制电路板在这里可谓轻而易举的事。后来，彭菲经常去华强北电子市场逛，在这里寻找自己在做实验和毕业设计中要用到的电子元器件。

在彭菲选择研究课题过程中的每一个环节，袁老师都和她一起商量、一起研究。在袁老师看来，计算机视觉一定是未来的主流方向之一，建议彭菲研究一下。

彭菲最终选择要做的研究是基于 DSP（数字信息处理器）芯片实现基于视觉的驾驶员疲劳监测系统。选择驾驶疲劳监测这个选题，她需要检测驾驶员有没有闭上眼睛、有没有打哈欠这些犯困的表情和表现。这就需要安装能够拍摄到驾驶员上半身的红外摄像头，同时要考虑怎样制作电路板，如何通过算法来判断驾驶员有没有打瞌睡、闭眼睛、打哈欠。如果发现了这些情形，通过电路板的设计就能够连接到一个喇叭发出报警声。她挑选合适的芯片，画出电路板的设计图，然后联系工厂定制电路板。工厂很快就把电路板做好交给了彭菲。

导师给了实验经费，彭菲自己调试硬件，自己设计软件、编制程序，从零开始，做出了一款像模像样的DEMO，然后自己测试这个系统。结果，这个系统还真能很好地运行起来。彭菲确实做得不错。她不仅需要调试硬件，还要琢磨人脸应该怎么定位等算法问题，最后还要通过定点化和汇编等来进行算法的优化加速，从而使这项驾驶疲劳识别系统的性能达到优化，实现实时监测的效果。

为了测试自己设计的系统的性能，彭菲找了师兄弟姐妹们挨个假装做出这些闭眼、打哈欠、打瞌睡的表情或者动作，一个一个地测试。结果发现系统监测的效果很好。

当彭菲把自己设计的这个电路板和这个疲劳驾驶监测系统上交给袁老师时，又得到了袁老师极大的夸赞。

在毕业答辩的时候，当其他的老师提出了各种各样的问题，有时候彭菲回答得不够完整时，袁老师立马忍不住给彭菲作补充，这让她记忆犹新、尤为感动。

彭菲对导师感觉很亲近，平时也不怕他。袁老师真的是一位像兄长一样平易近人的老师。因此，在和师妹聊天的时候，彭菲她们都亲切地把导师称作“老袁”。有一次，她一不小心还当着袁老师的面这么叫了。袁老师听了也没有生气。他确实是一个脾气很好的老师，也是一个很善于鼓励人的老师。

成功地完成了毕业设计，全部的硕士研究生的学业就算完成了。彭菲提出自己希望提前毕业。袁老师极力地挽留她，希望她留下来继续读博士深造。但是，当时彭菲想的是赶紧毕业然后去公司做产品化，把自己的一些设计和思路推广应用到实际的生产中去。袁老师再次询问彭菲自己的想法。彭菲告诉袁老师自己想要毕业去公司做产品化推广，袁老师二话没说，当即对彭菲说：“你可以毕业了！去闯吧！”

2010 年初，彭菲就研究生毕业了。彭菲原来的读研计划是三年后毕业，但实际上两年半就毕业了，因此她都没有参加 2010 年 7 月的清华大学毕业典礼。为此她还感到格外遗憾，不免有一些怅惘。

第七章 任职汉王科技

上大学期间，除了学费彭菲很少跟家里要钱。依靠自己勤工俭学，她基本上能够挣到足够的生活费。而等彭菲上了研究生，她就决心不再跟家里要钱了，虽然父母经常写信或打电话来问她钱够不够花、生活怎么样。彭菲总是告诉父母自己很好，学校给发一些奖学金，老师也发一些实验补助，在深圳这边还会发一些特区补贴什么的，钱已经足够花的了，不需要家里寄钱。父母因为常年劳作，身体都不是很好。每次打电话回家，彭菲总要问父母的身体怎么样，而她母亲却总是轻描淡写一句带过，反而说："我们帮不了你什么忙啊，你自己好好学习吧！"其实，她的母亲也有各种小毛病，腿疼、腰疼，都是长年劳累造成的。

毕业找工作时，彭菲有几个意向，一是留在深圳，二是回到湖南，当然她也考虑过去北京或者上海发展。

彭菲在湖南农村长大，科技报国是她从小的梦想与追求。2010年，恰逢中央批复中关村国家自主创新示范区一周年。对中关村——中国科技创新出发地，她一直心向神往。

这时，彭菲注意到了汉王科技这家"明星"公司。汉王科技一直致力于研发手写输入、OCR（光学字符识别）、人脸识别等人工智能技术。这些方面对彭菲都很有吸引力，她觉得自己在人工智能方面应该可以有所作为，也能有所拓展。特别是对于人脸识别方面。她还特别注意到，汉王科技有一项嵌入式人脸识别机器"人脸通"，这个仪器可以对人脸进行识别，这和自己所做的研究生毕业设计课题的内容有诸多相似之处。她觉得这里应该很适合自己。

于是，彭菲向汉王科技公司投递了自己的简历，很快便得到了面试的机会。面试官便是后来彭菲的领导黄磊博士。汉王科技公司原先就脱胎于中国科学院自动化所，因此具备很强的研究实力。黄磊博士就毕业于中国科学院。在这次面试中，黄磊对彭菲印象深刻，因为这个女孩子很阳光，很有想法，而且善于自己学习。

就这样，2010 年初，彭菲正式入职汉王科技公司，担任一名算法工程师。

这一年，汉王科技公司在深圳证券交易所主板正式上市，公司进入了高速发展阶段，大批优秀人才加入，其中不乏像彭菲这样毕业于清华大学、北京大学和中国科学院等高校的硕士及博士。其中，单人脸识别算法工程师就增加了 20 多人。

彭菲正式入职汉王科技公司大约一周后，正好临近春节，公司举行了隆重的年会，在年会上还进行了抽奖活动。一共只设有两个特等奖，全公司上千名员工，彭菲居然抽中了一个特等奖。特等奖的奖品是泰国五日游。

这，就像是从天而降的好运，大家都替彭菲感到惊喜，都说她运气太好了！但是，彭菲考虑到自己才刚刚入职就出去旅游不太好，工作都还不熟悉呢。于是，她便放弃了这个泰国游的机会。

彭菲任职汉王科技公司

汉王科技公司和它的缔造者刘迎建都是一个传奇。

刘迎建，1953年出生于一个军人家庭。1968年应征成为一名通信兵，被分配在炊事班。在入伍后的几年间，他一直在业余时间阅读数理化图书，被人们批评为有野心、不务正业，因此没有被作为工农兵先进分子推荐上大学。好在1977年恢复了高考。为了迎接高考，刘迎建全力以赴地准备着。1978年，他以西北地区第一名的成绩考入南京解放军通信学院。1982年大学毕业后，他被分配到某团从事技术开发。经过自己的刻苦钻研，两年之后，他向原总参谋部通讯部提出研制联机手写体汉字识别设备的报告，获得批准。1985年3月，由他主持研发的全世界第一台联机手写汉字识别装置获得成功，从此电脑键盘输入摆脱了英文的桎梏，人们可以通过手写直接输入汉字。他的这项技术无疑是一大创新。

1987年，刘迎建被中国科学院自动化所破格录取为在职博士研究生，从事模式识别、人工智能、文字识别理论与方法研究。1988年，他在世界上第一个解决了笔顺不限识别的问题，发明了笔段顺序识别方法，开了文字识别的另一个先河。

1993年，刘迎建响应中国科学院“教授带着技术下海”的号召，通过产品推广汉字识别技术，创立了汉王品牌。汉王，寓意是“汉字输入之王”。2005年，品牌更名为汉王科技股份有限公司。从此，汉王科技公司成为我国最早开展人工智能技术研究并且实现产业化的高科技企业之一，创造了一个个突破和技术的落地。

刘迎建说：“你一定要做一些你不喜欢但是必须做的事，能顶着石头把芽发出来，就是我们要坚持的开拓精神。”他是这样说的，也正是这样做的。他走别人没走过的路，做出了许多别人没有做出的东西，依靠创新实现了汉王科技公司的成功上市。从手写识别、OCR（光学字符识别）到人脸识别，到车牌识别，绘画板的突破创新、创意大师高端绘画板产品推出，以及电纸书、数字阅读技术的突破等，汉王科技公司在刘迎建的领导下，依靠创新驱动，不断取得突破性发展。一直以来，汉王科技公司都在积极布局感知智能、认知智能、具身智能的全栈AI技术体系，拥有机器视觉、机器语音、机器嗅觉等感知技术和多模态大模型等认知技术，还研发仿生扑翼飞行机器人等机身智能技术。在大健康领域，融合AI技术，推出全球首款纯柯氏音电子血压计，为血压测量和个人健康管理提供新方案。众多的技术创新和产品发明创造，帮助汉王科技走过了一条从信息化到数字化再到智能化的发展道路。这是一个充满了朝气和活力的人工智能公司。

刘迎建个人传奇故事和汉王科技公司发展历程是时代的旗帜，感召着像彭菲一样怀揣科技报国梦想的年轻人。彭菲来到汉王科技公司以后成了一名算法工程师，从事与人工智能相关的研发。

提到人工智能，人们脑海里首先浮现的往往是具有各种自主能力的机器人。而对于算法工程师而言，想到的则是数学算法、网络模型。彭菲他们的工作就是通过代码，来让机器去看、去听、去说、去想，最终让机器人服务于人。

十几年前，人工智能还属于冷门，算法工程师亦寥寥无几。但彭菲坚信，人工智能是一项可以造福人类的技术，既充满未知与挑战，又拥有无限的空间与潜力。

彭菲的第一个挑战来自人脸识别。

人脸识别技术，可以从图像或者视频中找到人的面孔，并依据面孔上的五官等特征对面孔的身份进行比对和确认。人脸识别是生物特征识别应用中非常普遍的技术。

手机的人脸解锁，上下班考勤认证，火车站、机场、酒店以及大型赛事中身份认证的场景，都离不开这项技术的支持。

当时，人脸识别设备大多由国外企业生产，价格昂贵。汉王“人脸通”作为全球首款嵌入式人脸识别产品，打破了国外企业的垄断，却因当时算法需求算力高，只能依赖价格昂贵的国外芯片。

为了破除这种依赖，实现真正的国产化，彭菲和团队成员在黄磊博士的领导下，一边学习一边研究。他们从底层技术入手，查阅了众多的国内外文献和芯片技术资料，重点针对国产芯片的特点，先设计出更加简洁高效的人脸特征，再一行一行地做代码优化。

彭菲从机器视觉开始，为笔者介绍了人脸识别的原理：

机器视觉可以被形象地描述为赋予计算机“人类视觉”的能力。人类的视觉过程是通过眼睛捕捉外界景象，再由大脑中与视觉相关的区域来进行复杂的解读和认知。机器视觉则是通过摄像头模拟眼睛来捕捉外界图像。这些图像是由数百万个甚至数亿个独立的像素点组成的，每个像素点都携带着各自的颜色和亮度信息。当摄像机以连续的方式通过拍摄“看到”图像时，这些静态的图像帧就会组合成视频。这些信息随后被传输至计算单元，先进的人工智能技术能够像人的大脑一样，对这些内容进行深度解析和理解。

计算机并不能像人类那样自然快速地分析图像或者视频中的目标，只有被“训练”之后才能做到。而“训练”就需要用到大量的图像数据，这些数据又必须经过人工处理。“训练”使用的图像数据与“训练”任务息息相关。例如，在人脸识别的任务中，只需关注图像或视频中出现的人脸，而对其他目标则进行忽略；用于人脸识别的图像数据，都需要先人工标记出图片中的人脸，以便让计算机来学习。这些图像数据是“训练”的关键，因为它们提供了计算机学习的样本。在“训练”阶段，大量标注好的“训练”图像数据被输入计算中心。通过不断地迭代和优化，计算机会逐渐学会如何分析图像或视频中的特定目标。当“训练”完成后，它就能够识别出特定目标，并对其进行分析。

机器视觉技术在众多领域都有着广泛的应用，如智慧办公、自动驾驶、智能安防、智能制造、医疗诊断、智慧物流等。在日常生活中，机器视觉也有很多既充满趣味又极具实用性的应用。它能够协助我们进行计数，无论是计

彭菲工作照

算串串的签子数量，还是记录孩子跳绳的次数，它都能尽职尽责地完成。此外，当我们面对陌生的动植物或者品牌标志时，也可以通过专门的应用程序拍摄一张照片，让 AI 为我们提供参考答案。在深受女生喜爱的美颜方面，AI 更是“无所不能”，无论是美白、瘦脸，还是打造全新的写真风格，它都能一一满足人们的需求。

当前，主流的机器视觉技术涵盖了人脸识别及生物特征识别、光学字符识别与手写识别、智能视频分析以及视觉与传感综合技术等领域。在大模型时代，我们不仅能够对图像和视频进行智能分析和判别，还能够进行图像和视频内容的创作。

人脸识别，首先要让机器定位到人脸，检测出眼睛、鼻子、嘴巴等关键点位置，将人脸图像归一化到同一尺寸和角度，然后提取出能代表人脸信息的特征，也就是一串“数字密码”，与提前注册的人脸图像的“数字密码”进行匹配。如果这串“数字密码”很相近，说明是同一个人的可能性大，反之则不是一个人。为了防止有人拿人脸照片去“糊弄”机器，还要进行活体识别这一个判断步骤。活体检测结合自然光和红外光谱分析，通过多模态传感器捕捉皮肤纹理和血流特征，区分真实人脸与照片或面具。此外，如果要在嵌入式机器上实现整套复杂的人脸识别算法，还需要设计提取最简单但是有效的人脸特征，同时对算法实现并行计算和定点化等来加速优化。人脸识别要求非常细致深入地研究这些生物学的信息，对不同性别、年龄和人种的人脸进行分析，消除光线和背景变化的干扰，增强生物特征区分度，最终实现高精度、低功耗的端侧身份识别。

在这项工作中，彭菲负责人脸定位和特征提取的优化，是人脸识别算法中的关键环节。那时候还没有“深度学习”这个概念，“人工智能”这一概念也并不火热。不同于目前流行的端到端的深度学习方案，人脸识别采用传统机器学习的方法，需要算法研发人员手工设计特征。彭菲需要设计区分能力强但是速度足够快的特征，也就是在复杂的数据中找到具有区分度的关键特征，编成代码，再进行嵌入式端侧芯片的移植和优化，从而达到“又快又好”的效果。

在做人脸识别优化的过程中，彭菲得到了团队同事们的大力支持。

肖老师是一位较彭菲年长的同事。在彭菲看来，他就像是团队里的“定海神针”，非常靠谱，所以平常她都习惯称他“肖老师”。肖老师擅长嵌入式移植和优化。彭菲刚开始做人脸定位算法的国产芯片移植时，肖老师给了她很多的帮助。他把自己尝试过的可能有帮助的方法，一股脑儿地都教了彭菲一遍，然后对她优化过的核心再进一步地梳理和优化，帮助她改进和提升性能。

彭菲和同事们一边研究人脸的特征提取方案，一边研读国内外研究人脸识别的前沿性的论文，还进行实践实验，并且不断地根据测试的结果对自己设计的算法进行优化。有时候尝试一周新的特征，反而会退步，效果还没有前一周的好。但他们一直坚持不懈。最终，经过数十次的算法迭代，多个回合反复研究，通过多个特征融合方案，亦即将人脸的多种特征融合在一起的方案，终于成功实现了人脸识别算法的提升。

在领导的支持下和同事们齐心协力的支援下，彭菲负责研发成功的人脸快速定位算法，比以前的方案速度提高了 10 倍左右，从而实现了在低成本国产芯片上也能够跑得起来。这种人脸识别技术也就可以移植到内存比较小、速度比较慢，同时成本也低很多的国产芯片上了。当时，进口人脸识别产品价格动辄在万元以上，而这项技术凭借对国产芯片的深度适配，大幅降低了人脸识别产品的成本，将搭载国产芯的人脸识别产品成本控制在千元以内，极大地推动了人脸识别技术应用的普及，让高性价比的人脸识别产品惠及更多领域和人群。后来，彭菲和团队因此获得了北京市科学技术奖二等奖。

参加工作伊始，彭菲就在自己负责的第一项工作——人脸识别算法优化上获得了成功。这极大地鼓舞了彭菲，也大大增强了她的自信心。

因为算法模型不仅做得已经足够小，而且性能优化，彭菲便乘胜追击，于 2011 年和团队合作，制造出了第一把人脸识别锁产品。它首先就被安装在汉王科技公司的多个办公室门上，提前注册的人员只需站在识别锁前扫描一下人脸，就能顺利地通过连接打开办公室的门锁。

2021 年，北京半程马拉松赛事作为首都首个万人规模的赛事，在确保防疫安全的同时，严防替跑等问题成为重中之重。因此，身份核验便成了一项既重要又烦琐的任务。

这次赛事首次采用了 100 台汉王 AI 人脸识别测温终端，应用于赛前领物、比赛日选手入场、完赛选手颁奖、控制中心管理等各个环节，保障了赛事组委会对参赛人员身份信息等大数据的智慧高效管理。

在比赛前夕，运动员们会领取号码簿、比赛服装等，并在此时通过人脸识别技术进行身份核验与注册。这一环节确保了参赛者与报名者的身份一致，即利用机器将身份证上的照片与现场采集的人脸信息进行比对，确保准确无误。到了正式比赛日，由于人脸识别机器已预先储存了所有参赛者的人脸特征信息，运动员们无须再携带身份证等传统证件，只需轻松刷脸即可完成身份验证。此外，赛事

2021 年，北京半程马拉松赛事采用汉王人脸识别设备

期间，专业摄影师会捕捉拍摄运动员们的精彩瞬间，而通过人脸识别技术，这些照片便能迅速地与参赛者的人脸信息相匹配，使运动员能够轻松找到自己参赛过程的照片。人脸识别技术的应用不仅提高了此项赛事的公平性，还改善了运动员的参赛体验，免去了额外携带证件的麻烦，同时也增强了赛事管理的效率。

人脸识别属于基于视觉的生物特征识别技术中的一种。随着技术的飞速进步，它迅速融入了我们的日常生活。除了人脸，人体还拥有许多的生物特征，这些特征同样可以作为唯一的身份凭证。虹膜、指纹、指静脉、掌纹、掌静脉、声纹、笔迹、DNA，乃至每个人走路的姿态，都是独一无二的，它们已经或者正在被开发并应用于身份验证和识别任务中。我国新修订的《居民身份证法》就规定了公民申领、换领、补领居民身份证时应当登记指纹信息，这能进一步增强证件的防伪性能。

在成功地将人脸识别算法优化、将人脸识别嵌入国产芯片上之后，彭菲又和同事们尝试了其他生物特征的识别方案，包括虹膜、指静脉、掌静脉、步态等，研制出了利用多种生物特征进行人的身份识别的能力，在技术上获得突破，并进行了产品化。而指静脉和掌静脉等的识别，加强了汉王生物识别的技术能力，在不便于人脸识别的场景中，展现出很好的身份验证能力，对汉王科技生物特征识别技术路线和产品矩阵起到了完善的作用。

在人工智能领域，深度学习开启了新的技术创新，机器视觉领域获得突破，其中有很多知识是彭菲原先比较陌生的。她利用业余时间自己学习摸索，找来国内外相关研究的最新论文和成果自学，然后和同事们交流研讨、切磋。2014年，他们将深度学习技术运用到了人脸识别领域，

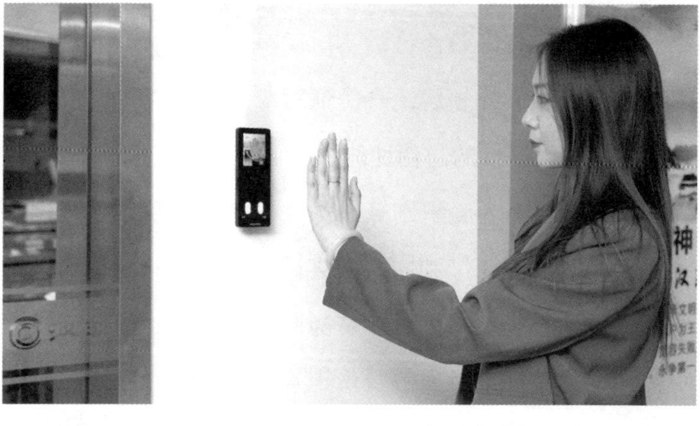

继人脸识别后推出的掌静脉识别门禁

重新升级人脸识别的算法，将嵌入式人脸识别机的使用人数从 1000 人扩展到了 1 万人。

由于在工作上兢兢业业，并且不断进取取得出色的成果，2016 年，彭菲被任命为部门经理，开始带领视觉算法团队。

第八章 咫尺佳缘 永结同心

工作以后，彭菲还有一个重要的收获，那就是结识了后来成为她丈夫的丁勇。

汉王科技公司继承中国科学院的优良传统，不定期地举办各种团建活动，以此增强公司的凝聚力和团结力。公司也愿意为员工的生活创造良好的条件，认为只有员工生活上处理好了，无后顾之忧，才能在工作上全力以赴，做出更大的成绩。因此，汉王科技公司对于员工尽可能地提供全方位的帮助，包括为员工提供补充医疗保险等。在汉王科技公司，不仅有一些年轻人喜结连理，也有不少员工安心地生下二胎、三胎。甚至，公司还允许员工偶尔在不影响工作的前提下带孩子到公司上班。这一系列人性化的措施使汉王科技公司赢得了员工的口碑。公司已经多次获得“大中华区卓越雇主品牌”称号。

彭菲是那种很具有亲和力的人，到公司工作以后，很快融入了集体，颇受同事的喜爱和照顾，同样也吸引了同龄的年轻人的目光。

丁勇比彭菲晚入职半年，同年硕士毕业，在汉王科技公司硬件组担任工程师。他和彭菲同属于一个大部门，都在一个大办公区。部门经常有一些团建活动，组织年轻人外出郊游或者看电影，一来二去，两人逐渐熟络起来。

当然，丁勇也有自己的小心思。每次有同事组织爬山、郊游或者打球活动，只要彭菲参加，他都会积极参加。彼此熟悉了之后，他开始私下约彭菲一起吃饭、看电影。丁勇还非常热心。当时彭菲和高中好友在公司附近合租了一套房。彭菲和自己的老同学、老朋友一直都有往来，关系也很好。丁勇平时便主动地跑去帮她干一些生活中的粗活、重活，像买米、买水、搬东西等。慢慢地，两人的距离也越来越近。

一方面，可能是从小就受金庸小说的影响，彭菲的理想型丈夫是志同道合的伴侣。另一方面，父母一直提醒她找对象一定要看男孩子的品质，不能光看长相。她觉得丁勇这个男孩子平时总是把自己收拾得干干净净的，衣着整洁，给人的感觉挺舒服。在工作接触中，丁勇负责硬件，彭菲负责算法，本来就有一些工作方面的接触和联系。在彼此的接触交往中，她发现丁勇的脾气很好，性格很温柔，工作很认真负责，交给他办的事情都很配合，需要的硬件也都能及时地做出来，而且做得很好。

爱情就是相互关注和吸引。两个人开始一起出去跑步、散步、看电影，私下的约会越来越多。彭菲发现两个人的价值观非常接近。丁勇还有一个长处，就是对自己要求严格的同时，也很懂得包容她。虽然丁勇家也是普通家庭，但彭菲依然对自己和丁勇的未来充满信心，认为完全可以不依靠父母，能够通过两人的努力去开创一番事业，创造自己的新生活。彭菲是一个从小自理能力就很强的女孩，包括工作以后也都是独自租房、独自生活。此外，丁勇也发现了彭菲更多的优点，她为人率真，性格也好，不爱吵架。丁勇知道彭菲从小到大都是在表扬声中长大的，因此也很注意多多赞扬她、鼓励她。随着了解的进一步加深，两人越发欣赏且离不开彼此，自然走到谈婚论嫁的阶段。

2012 年，一段良缘的契机到了。

京城居，颇不易。两人打算结婚，就需要计划买房。此时，距离汉王科技公司不远的回龙观有一批新楼盘开盘，不仅需要抽签，还得拥有北京户口才能购买。当时彭菲已在北京落户，两人便商量买一套房。于是，两人按计

2012 年，彭菲夫妇拍摄婚纱照

划进行了婚姻登记，拍了婚纱照，并幸运地通过抽签取得了购房资格。接着，两人贷款买下了属于自己的新房。

2012 年国庆节时，两人开启了浪漫的蜜月旅行。他们一起在金沙江虎跳峡徒步，一起穿越玉龙雪山、哈巴雪山，虽路途艰险，但风景都非常优美；共游普达措国家公园，领略高山湖泊与原始森林的独特风貌；共赴苍山洱海、崇圣寺三塔，欣赏人间至美的“风花雪月”。蜜月之

2012 年，彭菲夫妇在虎跳峡徒步中

行，两人留下了珍贵的记忆，更加加深了彼此的感情。

婚后，丁勇对彭菲呵护有加，从未发过一次脾气，在工作上的烦恼也轻易不带回家。每当彭菲不顺心的时候，丁勇常常安慰她、鼓励她。这些情绪价值的确给了彭菲很大的精神抚慰和支撑。她心里明白，自己并不像平时在外面表现得那么自信强大，自己内心中脆弱的一面，性格里软弱的一面，都是依靠丈夫和家人们毫无保留的支持和鼓励在支撑。结婚这么多年，尽管生活充满了种种艰辛和不易，但是两个人的情感依旧坚如磐石。

婚后，彭菲两口子开始时就住在回龙观，上班基本上都是挤地铁。回龙观被称为北京著名的“睡城”，这里有大量的住宅楼，每天早高峰上班时人多、拥挤。彭菲有时得挤三趟地铁才能挤上去。后来，丁勇买了一辆电动自行车，每天骑车带着妻子去公司上班。

房贷的压力以及未来的“宝宝”计划，使得两人不得不面对现实，着眼于未来发展。丁勇主动担负起男子汉的责任，承担风险，去寻求更高的收入和更好的职业发展，而让彭菲安心继续自己的算法研究工作。随后，丁勇顺利地入职新公司，家庭整体收入有了新的稳定增长。但是，新公司离家较远，每天往返的通勤时间在两小时左右。

2014年春天，彭菲怀孕了。丁勇因为工作繁忙，需要加班，经常晚上11点左右才能到家，因此基本上照顾不到彭菲。彭菲去医院做孕期检查，基本上都是自己一个人去，丁勇觉得没有尽到丈夫的责任，有愧于她。遇到彭菲孕期情绪波动，丁勇也是第一时间主动“认错”和安抚她。彭菲情绪稳定后，依旧坚强地一个人去做孕检，即便到了孕后期行动多有不便，她也是一个人去。

彭菲父母看到他们在北京打拼不容易，就从老家来京，想方设法地给彭菲做好吃的，以及滋补营养的食品，精心地照顾她。

到了年底，孩子顺利出生，是个男孩。彭菲他们把买的新房子装修好。2015年，他们便搬到了回龙观自己的新房住。新小区里有幼儿园。小孩长到3岁以后就送进了小区幼儿园，每天由彭菲父母接送。丁勇太忙了，顾家少，基本上都是彭菲的父母在帮忙照顾，他只有在周末和节假日能够在家陪伴妻子和孩子。

丁勇的工作强度比较大，公司的节奏快、项目急，注重集中火力攻打一个城垛口，因此大家都比较拼。

知道丈夫工作忙，顾不上家，于是彭菲一边工作，一边承担起育儿的重任，有时确实感到分身乏术。幸而父母一直给予小家庭援助，丈夫在休息的时候也会多负担一些家务，之前的新房装修都是丈夫挤出周末时间来负责的。以前，彭菲喜欢大自然，喜欢去爬山、越野，有时也去游泳，但自从有了孩子以后，她的业余时间和精力几乎全在孩子和家人身上。孩子小时候眼睛有点弱视，需要戴眼镜来矫正，跑了好多趟医院，基本上都是彭菲自己带着去的。

2016年，彭菲家里买了辆车，那时北京购买电动汽车上牌还不需要排队摇号。他们家住的新房子有地下车库，他们就自己安装了充电桩。有了车以后，丁勇有时便当司机开车带孩子去看病，但一般是把娘儿俩送到医院门口就继续去忙工作了。有了车以后还有一个好处，就是丁勇可以每天开车先把妻子送到单位，然后再继续向西赶到自己的公司去上班。

后来，为了孩子上小学，彭菲两口子又提前谋划在离公司更近的海淀区购置了一套房子。房子离小学很近，离彭菲的公司也很近。因此，小孩上小学以后，他们便搬到了海淀区。

第九章 视频识别和戴口罩人脸识别

需求，是科技进步的重要推动力。科技工作者只有深入生产一线、应用现场，才能不断获取科技创新的灵感。

随着我国输油输气管道里程不断地增加，巡检管理难度越来越大。如果用机器辅助进行自动巡检，不仅能显著提升工作效率，还能及时阻断潜在的危险。带着这样的想法，彭菲及其团队深入多个实际场景，收集、发掘了大量的现实应用需求，为智能视频分析技术的创新发展奠定了坚实基础。

2017 年，彭菲带领团队开始进行视频分析，也就是对一帧一帧照片组成的连续性的视频进行分析，开发出相应的智能化监控系统。

视频监控可以观察现场有没有起火，有没有人或者车辆，对车辆的车牌、车型进行准确的识别。根据客户的不同需求，智能化监控系统也可以进行其他方面的识别和监测，譬如，有的工厂要监测工人有没有穿工作服，有没有戴安全帽，车间里有没有起火；加油站则需要识别有没有人抽烟，有没有人带打火机；输油输气管道则要监控有没有起火，在管道上有没有大吊车，或者有没有挖掘机在管道附近作业；等等。这些视频监控在实现了智能化监控之后，就可以免除人员巡检的辛苦，况且人员巡检无法做到 24 小时不间断，保安也无法 24 小时监控，而利用机器智能化监控，一旦出现问题就能够自动报警。

彭菲及其团队刚开始做视频监控检测的时候，由于实验室的样本不丰富，存在一些误判、错误的报警，也就是视频监控识别不准确的情形。譬如，在实验室里测试效果很好，火焰照片一检测一个准。但是，该项目在输油输气管道上方进行监控时，却发生了错把灯光识别为火光的情况，也遇到过只要天空出现一团火烧云或是一团雾，都会

彭菲在查看视频分析系统运行情况

引发报警。东北地区经常下雪，还有一些大山阻挡、起了大雾等，都会被视频监控误测为烟雾。

每当遇到这些错误识别，彭菲及其团队就要去实地更多地采集数据，紧急分析这些之前未曾预料到的场景，完善算法，反复校验、测试，然后在实际场景中接受检验。他们审核了上千条全天视频，不放过任何一个问题和疑点，逐一分析、解决，更新迭代算法，改进视频分析技术。根据发现的这些问题来纠正和重新测试，直到系统能够准确识别为止。

彭菲他们这套视频分析平台很快被广泛应用于输油输气管道的智能化监控，为其提供 24 小时不间断的智能化保障。目前，在四川、新疆有几千公里的野外输油输气管道都安装了这种智能化设备。以前需要人工 24 小时不间断地巡视，但是，人工巡视一是会存在误区，二是不可能过于频繁，难免会有疏漏。而运用智能化监控便可以实现 7 天 ×24 小时不间断的全天候的监控。这套智能监控系统可以及时发现异常情况，能够准确识别、判断监控视频中管道漏油、火灾突发、管道破坏等各种常见的潜在风险，包括冒烟、起火，挖掘机或者车辆、人员等不应该出现在输油输气管道附近的物品和人等，从而及时报警，将情况自动即时通知到负责人的手机上，提醒其去现场查看并处置。负责人到达指定地点后，通过人脸识别确认到岗，排除问题后再反馈到监控系统上，从而解除警报。每一个环节都有迹可循，最后完成完整的闭环。

这项技术的推广应用，实时对几千公里长的野外输油输气管线提供智能化保障，每年有效阻止了几十起威胁管道安全的事件，已为国家避免了上百亿元的损失。

自 2015 年开始，人脸识别开始受到各大科技企业的广泛关注，商汤科技、旷视科技、海康威视等科技公司都挤在人脸识别领域，市场开始逐渐饱和。由于汉王科技公司在人脸识别方面的应用比较早，技术比较成熟，因此市场竞争力比较强。

2020 年，新冠疫情突如其来，席卷全球，极大地影响了人们的日常工作和生活。口罩成为人们日常出行、活动时的必需品，而戴着口罩进行人脸识别便遇到了新的困难。譬如，在机场安检时需要乘机人过安检口前必须摘下口罩进行人脸识别，但是，这样就存在被感染的风险。因此，急需开发出人脸识别的迭代产品，让人们在戴着口罩的情况下也能够准确地获得识别。

戴着口罩，一个人的人脸就只露出了眼睛、额头、眉毛、头发这些部位，要通过这些部位来识别人脸，难度无疑极大地增加了。

2020 年春节，家家户户都在准备过年，彭菲在家里接到了公司打来的紧急电话，要求尽快研制出戴口罩人脸识别系统，为客户的安全生产提供保障。

这时，公司算法团队的许多成员都从北京回老家休假去了，或者被隔离在家，无法到公司上班。彭菲就在家里一个人抱着电脑躲在一边研究琢磨，一遍一遍地进行实验。同时，她在网络上和团队的伙伴们每天沟通各自工作的进展。

在算法实验过程中，彭菲设计了五六套算法方案，并和团队逐一验证，从中选出效果最好的再进行深入优化。彭菲及其团队采用虚拟口罩方案，在二维三维的人脸照片上贴上虚拟的口罩来扩增样本进行模型训练。他们通过调整模型的注意力机制，让计算机模仿人，将其注意力向人脸上半部分特别是眼睛区域集中，尽可能地去除掉口罩遮挡的干扰。后来，在公司的协调下，彭菲及其团队又尽可能地采集了一批真实的样本。

经过十多天夜以继日反反复复的试验，2020 年 2 月初，彭菲及其团队终于成功研制出了佩戴口罩的人脸识别技术，这是全国首个支持戴口罩的人脸识别产品，顺利通过测试并投入使用。虽然效果还不完美，但已经解决了大部分问题，能够实现对未戴口罩人员进行预警，对戴口罩人员进行非接触式测温和考勤，从而大大助力了企业的疫情防控与安全生产。

彭菲在测试戴口罩人脸识别产品

戴口罩人脸识别产品研制成功，开始时只是运用于汉王科技公司自身人员的出入检测，以及提出口罩识别需求的老客户。没想到，这个消息很快便传播开去，引起了社会的轰动。国内许多重要媒体纷纷前来采访。后来，一些外国的媒体对此很感兴趣，也来采访彭菲及其团队。这项技术的成功应用使彭菲一下子变得闻名遐迩，备受瞩目。

现在，汉王科技公司的人脸识别技术不仅应用于国内安全领域，也出口到了许多国家，包括孟加拉国、印度、土耳其等。针对他们本国人的特征，人脸识别技术又需要重新进行优化训练和更新算法；还要根据不同的年龄，老人和小孩的脸庞不一样，戴不戴口罩的情况也不一样。现在，众多的公司介入了人脸识别领域，为人脸识别技术的发展注入了大量资源和创新活力。经过不断的研发和实践，这项技术在准确性、稳定性等方面有了很大的提升，已经逐渐趋向比较成熟。

其中，汉王科技公司的人脸识别技术迭代速度不断提升，它可以有效地克服戴口罩识别等限制，突破“脸盲”，在端侧实现 0.1 秒内完成人脸识别，准确率超过 99.9%。这项技术逐渐被运用于一些重大的活动，包括庆祝中华人民共和国成立 70 周年阅兵式、APEC 北京峰会、G20 杭州

2024 年，彭菲在上海参加人工智能大会

2024 年 8 月，彭菲参加公司新品发布会

峰会等，还有公安系统内的一些应用。这项技术还出口到了 50 多个国家和地区，受到了用户们普遍的赞赏，创造了近 10 亿元的经济效益。

第十章 和谐协作的团队

2023年，彭菲开始担任汉王科技公司GPT研发部的部门经理。目前，整个团队成员有50人左右，负责文本、语音、图像等多模态的大模型研发工作。

大模型作为近两年AI领域的关键性突破技术，引起全世界的关注，是数字科技应用的前沿。刚开始，大模型主要指大语言模型，以文本对话式交互为用户提供服务。彭菲及其团队基于公司多年的技术积累，从一开始就瞄准文本、语音、视觉等多种模态交互的大模型。2023年10月，汉王科技公司发布了“汉王天地大模型”，在产品上运用AI赋能，在技术上已经做得很好。“汉王电纸书”原来主要具备看书的功能，现在又把更多的AI技术融入进去，它就可以承担会议助手、阅读助手、写作助手等功能。例如，“汉王电纸书”可以对会议发言者进行识别，作会议记录，并对会议进行总结，提取关键词，自动生成标题等。也就是将AI的能力嵌入汉王科技原先的产品中去，可以实现用户多种用途的需求。譬如，用AI赋能原来的“汉王电纸书”，还可以作为教育本，可以进行作文的批改，包括改错、点评，还可以判题，包括历史知识问答、英语口语对话等。彭菲的儿子已经10岁了，使用教育本，可以对他的作文进行批改，用AI模型来帮助修改润色。

其实，彭菲之前并没有专注大模型及相关知识。她都是利用晚上回家，在辅导孩子做完作业，等他上床睡觉后，才开始学习大模型的相关知识。她还和同事们一起研讨，相互促进，互帮互助。

大模型的核心能力建立在海量数据学习与庞大参数规模的基础之上。其参数量级通常达到十亿、百亿，甚至千亿、万亿级别，这种超大规模的结构特性决定了大模型必须依托强大的算力支撑——包括高性能CPU、GPU集群以

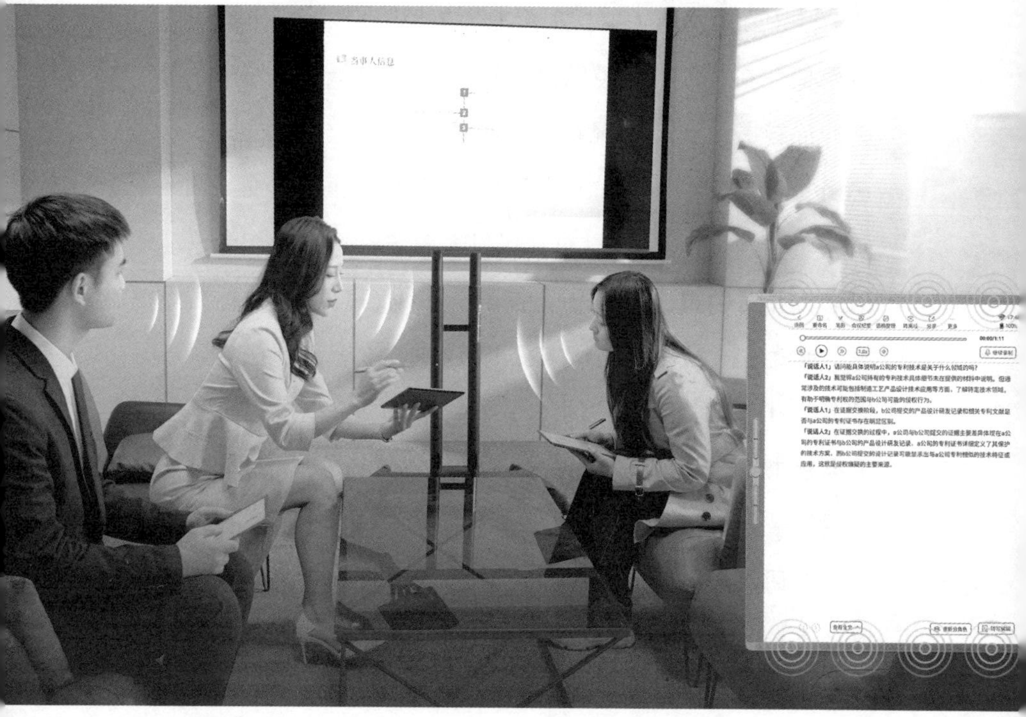

“汉王天地大模型”应用于办公领域

及超大内存容量。正是这种数据—参数—算力的三重协同作用，赋予了大模型卓越的语言理解与多模态处理能力，使其能够捕捉数据中复杂的模式与关联关系。中国当下号称“百模大战”，备案的大模型据说超过了300个，包括那些著名的科技公司，如字节跳动、阿里巴巴、百度等都开发了自己的大模型。很多公司都是大投入、大产出。汉王科技的投入可能不是那么多，他们所开发的也不是通用的大模型，而主要做行业垂直模型，包括办公、教育、人文、法律、医疗等。汉王科技公司的“古汉语大模型”主要应用于图书馆、档案馆、文献文档的整理，辅助专家对古文献进行标点、注释等，并与中国第一历史档案馆、国家图书馆等单位合作，进行古典文献典籍的整理等。“健康大模型”赋能人工智能柯氏音电子血压计，对用户的健康问题进行问答，以及对用户上传的化验单进行解读，帮助用户监测健康问题。“法律大模型”可以自动提取案由，对法律问题进行问答。

为了研发大模型，就需要搭建一支庞大的团队。在公司领导的支持下，彭菲组建起这支团队，并负责团队的技术管理工作。按研究方向，她把自己的团队分成了若干个不同的小组，每周都与各个小组的组长讨论问题。她主要跟语音组跟得比较多。从声学前端到语音识别，从声纹识别到语音合成，以及“语音大模型”等，每一个环节都会在技术推进的过程中遇到各种各样的问题。现在，语音组成果逐步显现。声音通过麦克风阵列进行去噪增强预处理后，语音质量获得明显提升，有助于进一步提升后续的语音识别和声纹识别等算法效果。目前，汉王语音识别能够实现对普通话、英语、四川话、广东话等的识别。这一识别系统运用声纹识别可以识别不同的说话人身份，不仅知道说了什么，还知道是谁说了什么。而语音合成，可以实现从文本到语音的转换，能够用于听书、语音交互等场景。目前，这些语音交互技术已经全部应用到汉王的新产品，如汉王电纸办公本和汉王语音王App中。

平时，彭菲可以正常上下班，能够有时间照顾家里。有时候遇上日期比较紧的项目，彭菲也需要加班。

有一次，公司有个紧急项目，要确保技术上不能有任何问题，那一个月时间，彭菲每天早早地就到公司上班，而且每天都要加班到半夜才能回家。那一段时间，她只好全部依靠父母帮助照顾孩子。但有时候父母也需要回老家去办事，丈夫又要去外地开展研发，这时候，彭菲便无

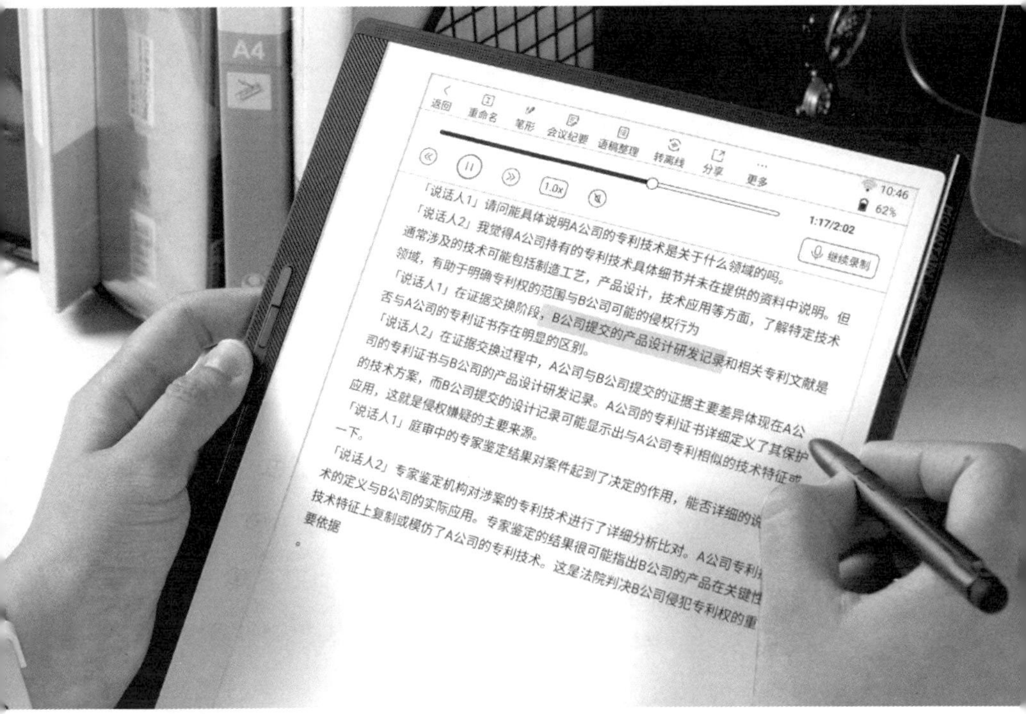

语音技术应用于公司的产品

计可施，只好把半大的孩子送去课后托管班，这样孩子放学以后有“小饭桌”可以吃饭，还有人负责监督他完成作业。有时实在忙不开，她只能把孩子一个人留在家里，没人给孩子做饭，她就给孩子点外卖吃。

当然，这种情形不会延续很久。因为彭菲的父母一旦得知他们可爱的外孙一个人留在家里便很放不下心，就会尽快从老家赶回来，帮助照顾孩子。父母知道彭菲工作很辛苦，能不让她做的家务就不让她做，都自己承担起来。有时到了周末彭菲没有加班，她想自己动手做饭，父母也仍坚决不让她做，说：“好不容易有个周末，你就好好休息休息。”其实，彭菲觉得自己也能做饭，而且做饭还能换换脑筋、调节生活节奏。父母习惯于每天起大早，因为以前要下地干活，到了北京也是一样，经常是每天五六点就起床。孩子小的时候，经常一大早就醒来闹腾，父母怕影响彭菲两口子休息，只要孩子一醒，他们就把孩子带出去玩。有时候甚至才四五点，天刚蒙蒙亮，父母就把孩子带出去玩耍，直到六七点再带回来。

孩子上小学以后，每天晚上 9 点左右睡觉，早晨 7 点多起床。开始时虽然功课不多，但孩子做功课有点儿拖拉，彭菲就不停地提醒他，约定几点钟学习、几点钟玩、几点该洗漱、睡觉。一切事情都跟孩子商量着来。孩子知道自己的父母都很忙碌，也能理解他们。但是，彭菲心里经常会觉得过意不去，觉得自己愧对了孩子。

有时，因为项目工期比较紧急，需要加班到很晚，彭菲回到家，蹑手蹑脚地摸黑进屋，生怕吵醒了孩子，没想到一推开门，就听见黑暗里传来一声“妈妈晚安”。彭菲这才发现，儿子虽然躺着，但其实一直都在竖着耳朵听动静，他特别想知道妈妈什么时候回来，就是想等着跟妈妈说声晚安再睡觉。

那一刻，彭菲的心里感觉既温暖又难过，眼眶发热，她只能亲热地回应一声：“宝贝晚安！你快点睡吧！”

彭菲内心里其实挺希望能多一些时间陪陪孩子，陪伴他长大。但是，她知道工作离不开她，自己正在做的这些事情非常有意义。她和团队在“训练”自己的大模型，这个大语言模型也像她的孩子一样，她也是把它当作孩子一样来“训练”的。她发现大模型开始可以回答自己的问题时感到非常开心。之后，她问它问题，大模型又开始胡说八道，而且显得特别自信。彭菲就得接着一点一点地教大模型，教它查资料，让它具备人的脑力，能力更强、更聪明，变成能干大事的“好孩子”。这个过程十分艰巨。但是，彭菲坚信，有朝一日一定可以发明制造出足够聪明的人工智能，未来我们可以有AI私人医生、保姆、司机，并都可以通过培养人工智能来推动实现。她坚信，人工智能的发展和应用，一定可以让我们每个人的生活都变得更美好，让每个人都可以有更多的时间享受生活、陪伴亲人，去追逐自己的兴趣和梦想。

虽然因为工作需要，自己经常需要加班，但彭菲觉得和他们的董事长刘迎建比，自己其实还有很大的差距。董事长曾荣获“全国劳动模范”称号，已经70岁出头，每天依旧精力旺盛，走路、干事都风风火火的，跟在他后面走都得小跑才能跟得上。他对科研有持续的热情。他对公司研发的项目都很感兴趣，对研发抓得很紧，对研发的进度也十分关注，还经常提出新的研究思路。他经常是到公司最早、离开公司最晚的那个人，是名副其实的劳模。在彭菲看来，董事长就是每位汉王员工的榜样和灯塔。

2022年底，彭菲跟着董事长刘迎建做一个重要的项目，几乎每天熬到最晚的都是他。有一次，熬夜到凌晨2点多才结束，可到了早上6点多，他们还要集合去参加项目的论证会。讨论完，董事长就让彭菲他们这个团队都回家去休息，而他却又让司机开车返回公司开会，继续处理其他事务。彭菲感觉，董事长那么辛苦，还那么有精气神，这是一位真正的企业家 + 科学家。

董事长关注开发，助理每天都要忙着帮他排会。汉王科技公司很多的科研项目是长期项目，譬如机器嗅觉。这方面的项目产业化道路很漫长，前期研发投入高，但是董事长一直都在坚持着做。在他看来，一个公司要有远见，不能只看眼前利益，要向科技前沿进发。

2023 年初，汉王科技公司要发力自己的大模型，董事长认为彭菲就能够胜任，于是就把这项工作交给彭菲来负责，委任她带领这个全新的团队。

这个团队有 50 多人，彭菲觉得压力很大。于是，董事长就每周召集他们开会讨论。他的思路很开阔，思维活跃，对新事物的接受能力特别强，让彭菲觉得他不像是 70 多岁，反倒是像 17 岁的人。每当彭菲他们取得了一点成绩，董事长总是毫不吝啬地夸奖，然后再浅浅地提一点要求，于是，彭菲他们立马就又干劲十足地继续向前推进。

在汉王科技公司，许多领导和同事都非常给力，有很好的研发创业的氛围。黄磊博士是彭菲的引路人、当年招聘她的面试官，后来一直担任彭菲的直接领导，现在是汉王科技公司副总裁。黄磊博士做事认真，对人工智能领域有很深刻的见解，曾经获得2012年“周光召基金会应用科学奖”等奖项。刚开始参加工作时，彭菲经常遇到困难，比如按照已经发表的论文去复现算法，但是结果不理想，或者遇到思维停滞、没有新的思路。这时彭菲就会去找黄磊博士讨论问题，改进方案，而他总是能够从很多的角度给予她有益的建议。后来，等到彭菲能够独当一面时，他又给予了彭菲高度的信任，让彭菲接替他算法团队部门经理一职，让彭菲带领视觉算法团队，承担公司的生物特征识别、智能视频分析等算法的研发工作。而黄磊对自己当初慧眼识珠，招聘彭菲进公司也是颇为自豪，一直戏谑她是一员福将，有她在，项目总是能成功，而且总能产生很好的效果。领导们的不断夸奖、鼓励给了彭菲很大的信心。而同事们的团结协作，更是让彭菲能够更好地扬己所长，取得成果。

小莹是彭菲招聘入职的一名员工。这个女孩入职以后，彭菲发现她们彼此价值观相似、意气相投，做起事来都很认真负责，力求完美。有时即便已经达到了领导的基本要求，但还没有达到自己内心的完美标准，心里也会感

2024 年，彭菲（右一）和团队成员开会讨论工作

觉不舒服，非要多花些时间，一直折腾到符合自己内心的标准才罢休。例如，她们一起起草项目申报书，即使是第一版，从自己的手里交出去的时候，也都要求做到逻辑清晰、语句通顺、格式整齐。彭菲对小莹说："我觉得我一路上遇到的人都很好，现在的团队也特别棒。"小莹就夸奖她说："那是因为你人好，人以群分，因此好人都聚到你身边了！"

小莹在怀孕时身体有一些不适，做事也没有平时那么利落。彭菲在分配工作的时候就特别照顾她。小莹很担心生完孩子休完产假再回公司自己会接不上工作，生怕思维断档跟不上工作的节奏，也很担心将来自己不会照顾孩子、工作也做不好。彭菲便经常安慰她，给她讲自己的亲身经历，讲她当年怀孕生孩子和休产假前后是如何不耽误工作的。彭菲鼓励小莹："一切都慢慢来，你一定能扛过来！"那一刻，小莹感觉自己整个人仿佛一下子就被打开了。

小莹休完产假回到公司后负责研发项目，要挑战自己以前没做过的事情，差一点儿就跨不过这个坎。好在汉王科技公司的氛围很好，能够给时间让每个人自我修复、自我成长。彭菲也给了小莹一些建议和自己的亲身体会，始终站在小莹的身后。因此，小莹在和彭菲沟通时心里没有丝毫压力，因为她们相互信任，彼此配合默契。

小莹总是想尽力把事情做到圆满，但有时她也会犯轴，和其他团队成员闹不愉快。这时彭菲就会悄悄地提醒她一下，并不说她什么。两个人就这样互相认同、互相鼓劲。当彭菲荣誉不断加身时，她还觉得自己不够优秀，小莹便肯定她："就应该是你，这些就是你应得的！"后来，彭菲见识过了很多大场面，现在已经能够 hold 住各种场面了。在小莹看来，其实彭菲本人并不喜欢张扬，但是她凡遇大事有静气，都能顶上去，像她在人民大会堂的演讲，一点儿也不紧张，生动、实在，因为她讲的每一句话自己都认同，虽然很朴素却能够感动人。

彭菲对算法团队实行扁平化管理。如前文所述，她把算法核心部门分成了几个小组，每个小组指定一名组长。小组长不是纯粹的管理职位，还得懂技术，其中以女生为多，因为女生细心、善于沟通，而且能力不错，都能独当一面。平时大家一起沟通，到年底的时候，彭菲就找他们一对一地进行沟通。每周小组的例会，彭菲会和组长们讨论工作和技术项目的进展，遇到问题就和组长们讨论，确保各个项目组都有序运转。刚开始时，彭菲还不知道每个人都擅长什么，后来，在工作中她慢慢地发现每个人各自的优点，再把他们分别安排到合适的岗位。

在彭菲看来，小组长们都很优秀。在彭菲获得全国五一劳动奖章和“大国工匠年度人物”称号后增加了不少社会活动，每当她不在公司时，部门工作就完全交给了各位组长负责。结果，每项工作都井井有条地进行着，成效显著。

除了每周的例会，团队的成员也经常一起在公司的楼下吃午饭，有时也聊一聊家里的生活，聊聊自家的孩子。而大多数的时候，大家聊着聊着总会拐到工作上去，比如最近这个模型出来后效果不错，那个算法试试换个方法行不行，那项任务大概什么时候可以出来，等等。

有一次，彭菲和同事们约定：休息时间，大家不聊工作和孩子。结果，大伙儿沉默了好久，终于想出来了一个话题，聊一聊假期去哪儿玩。于是，他们便提议周末一起带孩子出游。团队里负责数据组的组长小庞非常细致认真，在生活中她也总是把这种细致认真发挥到了极致。例如，周末要带孩子出去玩，她就要提前做好计划；如果出游几天的话，她都会主动进行行程的设计，几点钟到哪里、玩什么项目，中午、晚上吃什么，住在哪里，一一都安排得妥妥帖帖。小庞还会提前准备很多的水果和零食，包括自己亲手做的饭团、水果捞等，和团队以及孩子们一起分享。团队成员的热情、协作、友好，让彭菲感受到了团队的亲和力、团结力，就像大家庭一样和谐。

团队里的每个成员也都很谦虚谨慎，力求把工作做到完美。譬如，同事小沈，遇到自己不懂的地方就自己查资料。小沈非常追求完美，什么事情总是先找自己的问题，找自己的责任，一个项目做到 99% 就已经够好了，但是在给领导汇报工作时，他经常会纠结于那没有完成好的 1%。所以，彭菲经常需要在领导面前帮他补充余下的 99% 的好，同时也借机夸奖夸奖他。彭菲觉得，总体上看，自己带领的这个团队是一群非常认真负责、谦虚又聪明的人，大家都有相似或相同的价值观，互相同化、相互影响，一起向前进。这，让彭菲感到既欣慰又开心。

部门内部有时也搞一些小小的团建。例如，2023 年团队获得了优秀团队奖，公司奖励了一笔奖金，彭菲就把这笔奖金交给了做事细致的小庞，让她拿这些奖金定期购买一些零食、水果，平时给大家分发一下，让生活增添一些滋味。

彭菲说自己的运气很好，也难怪黄磊博士一直说她是

彭菲获得 2023 年“大国工匠年度人物”称号

一员福将。汉王科技公司是党、工、团组织健全的民营企业，一直在中关村科学城总工会、海淀区总工会的正确指导下发展壮大。2022 年，彭菲经汉王科技公司工会推荐，并获得中关村科学城总工会、海淀区总工会一致推荐支持，荣获了“首都劳动奖章”。

2023 年要评选全国五一劳动奖章，倾向于一线工作的劳动者代表。彭菲正好符合条件，而且一年前她刚获得了“首都劳动奖章”。于是，通过各级工会和北京市总工会推荐，她又获得了全国五一劳动奖章。

2023 年评选“大国工匠年度人物”，要求提名者必须具有省部级以上劳动模范、全国五一劳动奖章或省部级工匠人才称号的荣誉基础。彭菲又恰好满足了这些条件。经过各级工会推荐和全国总工会推荐，最终，她再一次成功地从众多候选者中获得提名，并最终从 50 名候选人中脱颖而出，入选 2023 年“大国工匠年度人物”。她谦虚而自信地说：“我虽然不是最厉害的，但是有代表性。”

“大国工匠年度人物”之前评选主要以一线工人、技术能手为主，后来顺应时代发展进行了改革，要求也从科技领域推选工匠，而 AI 领域正好是新质生产力的重要引擎，全国总工会认为，新质生产力、新兴产业也要有一名代表，他们认为彭菲是最合适的人选。于是，2024 年 3 月公布的 2023 年“大国工匠年度人物”名单中，彭菲成了年龄最小的入选者。

第十一章 站到了聚光灯下

2023 年 4 月，得到通知说自己被评选为全国五一劳动奖章获得者，彭菲很吃惊，心想为什么会是自己呢？其实她不知道，她已经足够优秀，且已经走得足够远了。北京市总工会还通知她准备作为代表去人民大会堂发言，当时彭菲惊呆了，因为平时她自己总是在电脑后面敲敲键盘，而这一次却要站到台前，面对台下来自全国各地的成百上千人，她心里既充满了期待，又相当紧张。于是，她就去向自己的领导黄磊博士汇报。黄磊博士安慰她：“不用紧

作为劳模代表，彭菲在人民大会堂发言

张，大会堂发言可能提前安排了好几个人，到最后再择优选择一个上台呢，你就努力做好自己就行！”

彭菲想想也对，于是心里就没那么紧张了。她写完了一份发言的初稿，黄磊博士就给她提了一些建议，进行了修改。彭菲就把发言稿交给了海淀区总工会。

没过两天，海淀区总工会的孙书记、孟主席等人请彭菲去区工会一起讨论发言稿的修改。彭菲是第一次去海淀区总工会，发现中关村科学城总工会的王主席等人也在座。几个人一起帮助彭菲修改稿件，一直到半夜 11 点多。结束后，孟主席说还有一项工作没做完，让大家先走，他还要留下来。这件事让彭菲印象深刻，她感觉工会的工作也很辛苦和细致，而且大家都特别负责。然后，王主席亲自开车把彭菲送到了家。

从这以后，彭菲又多次参加了海淀区总工会的活动，和工会的多位工作人员进行了接触交流，更加感受到了工会作为“职工之家”的温暖。

随后，彭菲的发言稿被提交到了北京市总工会。北京市总工会的许部长又对稿件进行了一些修订，并且邀请朗诵家冉迪老师对彭菲进行了一天口语表达的培训。冉老师让彭菲在发言时注意节奏、把握时间，注意词句的抑扬顿挫。这些辅导和充足的准备，终于让彭菲对自己作为代表发言有了充分的信心。

终于到了要登台发言的前几天，全国总工会又让文工团的杨老师对彭菲进行了发言培训。发言头天晚上还进行了一次彩排。这一次，彭菲感觉自己的气场强大了不少，自信心也爆棚了。

第二天，站在人民大会堂的发言台上，彭菲作了题为《潜心人工智能　矢志科技报国》为时 8 分钟的发言。会场几次响起了热烈的掌声。

彭菲下台以后，有好几位劳模代表都围着她，夸奖她讲得不错，特别能够代表劳模的形象。这让彭菲感到很开心，同时她也知道，这一切的背后凝聚着工会众多老师的辛苦与付出。

2023 年 5 月，清华大学校友会要拍摄宣传片，找到了彭菲。那时彭菲还很生涩，站在镜头前自己都感觉手脚非常不协调。为了拍好短短一两分钟的素材，导演和工作人员带着彭菲整整拍摄了一天。这让彭菲感受到各行各业都很不容易，每个人如果要敬业地把事情做好，都需要付出艰辛的努力。每次拍摄时，导演在工作上都做得非常细致，精益求精，每个细节都要一点一点地去抠，最后制作成的视频连彭菲自己看过后都感觉很有质感，她为自己参与了这次拍摄而感到自豪。这一次的拍摄也锻炼了她面对镜头时即席讲话表达的能力。

2023 年 12 月，为了拍摄“大国工匠年度人物”的宣传片，中央电视台的周导演也是精益求精，先后跑到汉王科技公司好几趟，拍摄了好几天。那个时候彭菲因为感冒

2023 年，彭菲在清华大学拍摄校友会宣传片

留下了咳嗽的后遗症，一直在咳嗽，状态不佳，每说两句话就要咳嗽一阵子。但是，央视的老师们非常敬业，配合彭菲反复地进行拍摄，最终拍成了一个很好的宣传片。

2024 年 1 月，2023 年“大国工匠年度人物”举行颁奖仪式。那段时间，彭菲咳嗽得很严重，已经连续咳嗽了一两个月还没有好，她特别担心上台接受采访的时候还会咳嗽，那样效果就会很差。那次是到四川成都参加颁奖仪式，平时特别爱吃辣的彭菲看到那么多加辣椒做成的美味佳肴，也只能克制住自己，一口辣的菜也没吃。在几天的时间里，她和其他几位“大国工匠年度人物”进行了很多的交流。来自新疆维吾尔自治区的张国云老师也有点咳嗽，他把自己用过的感觉效果不错的咳嗽药给了彭菲一些。彭菲临上台之前，他又塞给她一颗润喉糖，说：“你含上一会儿，上了台保证你不会咳嗽。”

央视的常江老师也笑眯眯地鼓励彭菲，为她打气：“你很棒，表现一定会很出色的，不用担心。”

轮到彭菲上台接受央视记者面对面的采访，面对着台下满满当当成百上千名观众，眼前立着的多台同步摄像机，还有旁边站着的主持人康辉和王宁，他们都是央视著名主持人，那一刻她感觉很紧张，心脏怦怦跳，都快说不

彭菲在“大国工匠年度人物”发布活动现场

出话来了。但是同时她真的没有咳嗽，好像完全忘记了喉咙的不适。

然而，彭菲很快便镇静了下来，在台上表现得很自然，每句话都是自然地从她的内心里流露出来的，并没有结巴或者停顿。

下了台，彭菲对其他“大国工匠年度人物”说：“我好紧张，好紧张啊！”但摄制组的人员都说：“没关系，看不出来你有多紧张，我们会帮你好好剪辑的。”

彭菲这才放下心来。

后来剪辑播出的颁奖仪式，彭菲在镜头前确实表现自如，而且给人感觉很有神采。这不能不说有电视台记者们尽心敬业的功劳。

从那以后再接受电视台采访，或者到现场去做节目，或者上台演讲、讲话，彭菲就显得从容多了。

2024 年 2 月，北京市总工会联合北京电视台录制“三八”妇女节晚会，彭菲上台宣讲，她很自信，讲得也不错。

2024 年 3 月，到中国人民大学参加巾帼劳模宣讲，彭菲认识了好几位女劳模。她宣讲的同时也去聆听其他劳模宣讲她们的事迹，她感觉受益匪浅。

2024 年，彭菲在中国人民大学参与劳模进校园宣讲活动

在几次活动中，彭菲都遇到了徐川子，后来两个人成了好朋友。当时宋寅机长在演讲结束后被中国人民大学的学生们尤其是女生们层层围住，现场“追星”。彭菲感受到了成为巾帼劳动模范明星式的感觉。

在这次宣讲会上，彭菲作为汉王科技研发中心研发经理、高级工程师，在讲述中勉励同学们要敢于突破，勇于创新，在不定义性别、年龄、角色的前提下，每一个人都可以创造属于自己的精彩。当她讲到这里的时候，台下掌声雷动，对这位年轻的劳动模范给予了极大的喝彩。

徐川子是国网杭州供电公司融合创新中心常务副主任。她分享了自己努力向下扎根，用实际行动践行和传承电力人报国情怀的成长历程。航空工业沈飞某部件班班长、特级技师田芳讲述了自己航空报国的奋斗故事。宋寅是交通运输部东海第一救助飞行队搜救教员机长、飞行管理部部长，她也分享了自己以过硬专业和不懈努力保障海上能源、生命安全，为“海洋强国”建设贡献力量的故事。

彭菲参加社会活动越来越频繁。

2024 年 4 月，她到首都师范大学去作报告。

4 月底，又参加了央视“五一”晚会的拍摄。

5 月，参加了北京市总工会第十五次代表大会。

6月，参加了全国总工会女职工委员会会议，当选为全国总工会女职工委员会兼职副主任。

7月，参加了“大国工匠助企行”活动，赴新疆、青海等地宣讲、作报告，和企业交流。

9月，参加了全国总工会大国工匠人才培训营。这是全国总工会开的一个培训班，委托清华大学来办班，挑选首批220名来自不同领域的大国工匠培育对象，进行为期一年的线上线下培训。

参加大国工匠人才培训营活动，彭菲认识了来自全国各地不同行业的准大国工匠。这次培训，线下有三期课程，线上有40多堂课程，也要做课题和写作业，虽然辛苦，但是彭菲觉得收获很大。线上课程目不暇接，不仅有像“人民工匠”许振超等劳模代表对工匠精神的深刻解读，也有洪波教授等前沿科学家们分享脑机接口用于病人康复的最新研究成果，还有很多“国之重器”的杰出代表讲解关于国家战略、领域、发展前景等的知识。线下更是多样重量级课程，多位院士、专家亲临授课，娓娓道来他们在科研工作中遇到的困难、另辟的蹊径以及突破的喜悦。大师们的分享，让彭菲意识到，想要创新，一定要走自己的路，要有勇于打破常规、突破“天花板”的决心。

2024 年 7 月，彭菲赴青海参加“大国工匠助企行”活动

2024 年 9 月，彭菲参加大国工匠人才培训营开班式

这些都让彭菲在思想政治觉悟上有所提升。她更关注国家发展的前途命运，关注现实。

这次培训要求每位学员完成一个研究课题，也可以带入自己公司的课题，彭菲就将自己平时做的大模型应用作为自己的研究课题。这个课题要求在 2025 年 4 月结项。

第十二章 平平常常便是福

彭菲自称是一个“佛系”的人，业余兴趣爱好不是很多，对休闲娱乐也没有太高的追求或享受的需要。

彭菲对自己现在的工作、生活状态相当满意。在她看来，一切都是最好的安排。丈夫丁勇虽然工作很忙，但是非常有上进心，也很努力。

他们的小家庭经济压力不大，但是工作压力很大。在“大厂”工作，有很多人到了 35 岁可能就会被裁员，特别是从事技术工作的，知识更新换代特别快，需要经常进行

“充电”来补充知识。当经济形势不太好的时候，公司用人就会减少，这时可能就会裁员。因此，彭菲和丈夫在工作上都各有各的压力，业余时间两个人都在非常刻苦地自学。彭菲说：“清华的教育告诉我们‘授人以鱼不如授人以渔’，就是让我们学会学习，本着能力而不是某一项技能去培养。”她始终相信保持创新活力的秘诀就在于不断学习。她认为：“学习会上瘾，会让人觉得状态特别好。如果一直保持学习状态、一直接触新的东西，你就会觉得世界变成什么样都不害怕。”只要没有加班，每天晚上八九点在辅导完孩子的作业后，彭菲就开始读自己的书，吸收新的知识。

每年除了节假日，汉王科技公司还给员工 6 天至 10 天的年假，一年还有 4 天的带薪病假，过年时还会送一些节日福利。这样，彭菲两口子就有时间多陪陪孩子，有时会带孩子去威海、青岛的海边游玩，有时则带孩子回老家走亲戚。周末，彭菲有时也带着孩子去逛逛中国科技馆、中国工艺美术馆、中国考古博物馆、中共党史陈列馆等一系列博物馆，一面带孩子游学增进知识，一面也可以让自己放松身心。

而到了周末，丈夫丁勇喜欢钓鱼，经常带着家人一起

彭菲一家三口

到清河公园去钓小鱼，每次都很有收获。彭菲也常在朋友圈晒出照片，一家人玩得不亦乐乎。有时，儿子在水塘里玩得太嗨，沾了一身泥，彭菲拍照吐槽："这孩子洗洗还能要不？"转过头，她又带着孩子去打篮球、骑车，做各种运动。

周末，彭菲要带孩子去学画画。在孩子学画画的时候，彭菲就带着电脑在一边修改她正在创作的一本关于人工智能方面的科普著作。这本科普书是她应中国工人出版

彭菲儿子画的画

社约请，专门为工人做科学普及撰写的，主要介绍人工智能在视觉、听觉、大模型等各方面的应用。书稿已经完成了八九万字，其中有些内容因为随着时间的推移更新变化很快，她还要根据实际情况进行更新。

孩子也很争气，除了学打篮球、学画画，还参加了学校的男声合唱团，可以算是全面发展的一个孩子。

彭菲也爱美。有时也和同学、闺蜜相约回清华大学去食堂吃饭，重温那些熟悉的滋味。如果再有一些闲余时间，彭菲也会在电脑或者手机上看看电视剧和综艺类节目。她在参加大国工匠培训的时候，经过老师的教导、自己的领悟，意识到科研并不是苦行僧，从事科研也应该有张有弛，可以兼顾其他的兴趣和爱好，要把生活和工作两方面都处理好。

街道有图书馆。彭菲有时和孩子一起去图书馆借书、看书。她儿子喜欢数独游戏，他们可以大半天地沉浸在图书馆里一起看书。一段时间内，彭菲读了毛泽东、周恩来的传奇故事，希望进一步了解中国的近现代历史。有时，她也读一读那些在豆瓣上评价比较高的小说。她用公司的“电纸书”来进行阅读，出门旅行也会随身携带。她也看悬疑小说、武侠小说和言情小说。总之，她的阅读范围很广。2024年底，她在读埃德加·斯诺写的《红星照耀中国》，也就是《西行漫记》，感受当年一代伟人的魅力。有的电子书她看过后感觉很好，就会专门买来纸质书放在家里存阅。她的父母也喜欢看这方面的书，特别是领袖人物、革命战争等方面的书。家里人有时会就这些看过的书，或者就小孩的教育等话题，一起交流讨论。

作为湖南人，父母喜欢看抗战题材的电视剧，像关于常德会战、长沙会战的等。

彭菲住的房子距离她公司不太远，大概2公里路程。有时下了班，她便步行或者骑车回家，就算是锻炼身体了。

彭菲笑称：他们一直生活在五环之外，很少“进城”（进入北京的城区）。

其实，一个人住在哪里并不重要，住多大的房子也不重要，重要的是他的胸怀有多大，他的愿景和梦想有多么辽阔。

这，大概就是彭菲这位大国工匠带给我们最大的启示吧！

后　记

人工智能正在日益成为全世界普遍关注的重大焦点。未来的人类社会必定与数智技术，与人工智能密不可分。人类必须学会与人工智能和谐共处。和平、合理、科学地利用人工智能，已然成为当下科技领域关注的热点和社会大众瞩目的焦点。对于人工智能的研究开发，前提是必须以人为中心、以人为本，必须以造福人类为旨归。这就要求所有从事人工智能研发的科技人员必须具备正确的世界观、人类观、价值观和人生观，能够正确看待和处理人与机器、人与科技的关系，能够永葆胸怀人类、造福人群的初心与愿景。彭菲无疑就是这样一位人工智能领域优秀青年科学家的代表。她的成长经历决定了她具备了良好的价值取向，能够自觉地将个人的人生价值寄寓于自己的科技研究及产品研发之中。她参与研发的人脸识别、视频识别、人工智能大模型等系列科技成果都有助于推动经济社会发展，都有益于改善人们的生活和工作。这样的研究无疑是很有价值的，也是我们应当大力倡导的。这也是人工智能研究的主流。

毋庸置疑，人工智能研发也有可能会走向歧路，它的发展也可能会逆人道而行、与人类利益背道而驰。因此，对人工智能的研究和发展进行恰当的管理及制约无疑是必要的，也是极其重要的。人类认识、开发、改造和利用自然，最终都是为了造福人类自身，而不应当让科技成果成为人类自身的敌人。这，理应成为人工智能研发与科技创新发展领域的一个基本的常识。

有鉴于此，我格外看重彭菲个人的成长经历及其在工作中所展现出的积极的价值取向。她所取得的杰出成就令人印象深刻。她一以贯之心无旁骛、物我两忘、舍我其谁的研发态度，对于学习无止境的自觉，对于工作持久不怠的激情，对于探索锲而不舍的艰苦跋涉，都值得当今的年轻人学习效仿。因此，我接受写这样一本传记，目的是让更多的青少年从彭菲的成长经历中汲取力量，汲取精神的滋养，也期望人工智能的发展始终不渝地坚持将人类利益置于最高位置，永远造福人类。借此，衷心祝愿风华正茂的彭菲在人工智能研发的道路上越走越宽广，取得愈加辉煌的成就。

2025 年 4 月